いくつもの声

ガヤトリ・C・スピヴァク日本講演集

星野俊也 編
本橋哲也
篠原雅武 訳

人文書院

いくつもの声——ガヤトリ・C・スピヴァク日本講演集

目次

序文（星野俊也）　5
1　いくつもの声　13
2　翻訳という問い　49
3　グローバル化の限界を超える想像力　69
4　国境のない世界　113
解説（篠原雅武）　135

序文——未来共生に向けた想像力のトレーニングを目指して

ガヤトリ・C・スピヴァク教授は、二〇一二年一一月、公益財団法人稲盛財団（理事長・稲盛和夫）が運営する京都賞の第二八回受賞者の一人として来日した。京都賞とは、科学や文明の発展、また人類の精神的深化・高揚に著しく貢献した人々に授与される権威ある国際賞であり、スピヴァク教授の受賞は、思想・芸術部門において「知的植民地主義に抗う、開かれた人文学の提唱と実践」という功績を讃えてのことであった。同年の京都賞は、ほかに先端技術部門からアイバン・E・サザランド博士（コンピューター科学者）が、基礎科学部門から大隅良典博士（分子細胞生物学者）がその栄誉を受けている。

米国東海岸には四年に一度の大統領選挙の投票日を挟んで季節外れの巨大ハリケーン「サンディ」と記録的な大雪が相次いで襲来し、交通機関が大混乱を来すなか、授賞式を皮切りとする京都賞ウィークのさまざまなイベントの待つ古都・京都に駆けつけたスピヴァク教授だったが、ニューヨークからの長時間の移動の疲れも見せず、連日の諸日程を精力的にこなされた。そして、その場面場面で聴衆の魂に語りかける言葉は、多くの人々に知的な興奮と感銘を与えてやまなかった。

京都賞ウィークには、毎年、財団の計らいにより、受賞者と学生の相互が学び合う場としての学生フォーラムも用意されており、光栄にも大阪大学はスピヴァク教授をキャンパスにお招きし、「白熱教室」さながらの知的刺激に満ちた時間をお与えいただいた。本書は、大阪大学会館の講堂を埋めた三〇〇人あまりの学生たちとの対話のセッションを再現するとともに、同教授の今回の訪日期間中の講演やワークショップなどでの貴重な思索や言説の数々を末永く私たちの記憶に刻み、それをさらに将来の読者とも共有すべく取りまとめたものである。

今回の一連の講話のなかでスピヴァク教授が特に強調されたことは、グローバリゼーションや情報通信革命が進む現代社会における人文学の役割であった。折しも『グローバリゼーションの時代における美的教育（*An Aesthetic Education in the Era of Globalization*）』と題する大部のアンソロジーを出版されたばかりの時期でもあり、お迎えする大阪大学内部では文学、言語文化、人間科学、国際公共政策、法学といった従来の研究科の枠を超えて集まった教員や学生が準備の会合を繰り返し、「グローバル化の限界を超える想像力のあり方」について教授と議論することを計画した。大阪大学では、また、新たに学際的な新領域の学問体系として「未来共生学」を打ち立て、学術研究と人材育成の大学院レベルのプログラムをスタートさせた時期と重なったこともあり、多様な文化的・社会的背景をもつ人々が、未来志向で、互いに幸福を分かち合える共生社会を築くための研究とイノベーター人材育成の教育法についてもご示唆をいただきたいと考えていた。

教授は博士と呼ばれ、うやうやしく接せられることを好まず、いつも身近な教師の立場でその天分を発揮されている。本書を一読いただければおわかりのように、スピヴァク教授との対話は、我々の目の前の曇りをぱっと取り払い、思考回路を刺激し、すばらしい知的な啓示に出会う類まれな機会となっている。

一例をあげるならば、グローバリゼーションがもはや普段の生活の一部となり、その恩恵に浴する反面、負の影響に何とも言葉にできないもどかしさや居心地の悪さ、あるいは現実の問題を感じる時がある。これを「グローバル化の限界」と捉え、我々はその限界をどう「乗り越える」ことができるのかを気負い込んで考えたとしよう。実はこれは今回の学生フォーラムの中心的なテーゼだったのだが、スピヴァク教授は、グローバル化を「超越する（transcend）」のではなく、想像力を用いて「補完する（supplement）」ことこそが大切なのだと、やさしく、そしてさりげなく指摘する。問題の核心を突く教授の言葉に視界がぐっと開かされる体験をした聴衆はきっと多かったに違いない。そう、我々は安易に何かを超えればその次のよりよい何かに行きつくだろうと思い込みがちだが、スピヴァク教授は、むしろ、現実のグローバル化の動きを直視し、問題の本質を射抜き、そこで想像力を駆使して具体的な行動が取れるようにしっかりと考え抜くことを諭してくれたのである。

サン＝テグジュペリの『星の王子様』に「大切なものは目には見えない」という一節があるが、スピヴァク教授は、むしろ目の前にあってもその大切さが見落とされているもの、気づかれていないものにまで目を凝らし、「しっかりと想像力を発揮して見出す」ことの必要性を強調する。そのためには二つの手がかりがある。一つは、どんな時代にあっても色あせることのない人文学の学習（教授の新しい言葉を用いるならば「美的教育」）に磨きをかけること。それは逆説的に聞こえるかもしれないが、科学技術の進歩でコンピューターや情報通信が格段に発展した今日においてはますます重要になっている。そしてもう一つは、「いくつもの声」にじっくりと耳を傾けることである。私たちはそのために想像力のトレーニングを日々重ねていく必要がある。

自らを語ることができず、社会に声が届かない「サバルタン」と呼ばれる人々の声を聞くというスピヴァク教授の姿勢に揺るぎはない。サバルタンというともっぱら教授の出身国であるインドの抑圧された貧しい人々のことなどを私たちは真っ先に思い浮かべがちだが、スピヴァク教授は来日時の朝日新聞とのインタビュー（二〇一二年一一月一二日付け夕刊）で「オキュパイ・ウォール・ストリート」（ウォール街占拠）運動が高まる米国や衆議院選挙を間近に控えた日本の民主主義にも言及し、我々の身の回りの問題にも目配りをする必要を想起させている。教授は、「自分以外、自分のグループ以外の他者のことを想像して投票」してこそ民主主義は機能するのであり、知識人たるもの「サバルタンである人が政治を動かすことのできる強い声を持てるような回路を築く手伝いをすること」が重要だと説いている。健康、教育、福祉といったインフラを築き、一人でも多くの人々がサバルタンを脱することができるようにしていくことが求められているのである。そのためにも我々は、人文学を深め、心を豊かにする想像力のトレーニングを決して怠ってはならない。

スピヴァク教授をお迎えしての対話は、我々が大阪大学において新たに「未来共生学」

を立ち上げ、異なる文化的・社会的背景をもつ人々の様々な「難」に目を向け、互いの違いを認め合い、支え合い、高め合う未来志向の共生社会を築いていこうとする門出にあたり、とても貴重な体験であった。なぜなら、他者との共生において未来志向の想像力のトレーニングほど重要なものはないと考えられるからである。

ところで、大阪大学大学院国際公共政策研究科は二〇一二年度より稲盛財団からの寛大なるご支援を得て寄附講座「グローバルな公共倫理とソーシャル・イノベーション」を開設させており、特に国際協力と科学技術文明を二つの柱において研究や教育のプログラムを進めている。今回の大阪大学での学生フォーラムの開催もこうしたご縁によるものだが、スピヴァク教授の人となりの根底にあるものとは、まさに公共倫理と社会変革へのこだわりなのではないかなどと考えるのは都合がよすぎるだろうか。

最後に、本書の出版にあたっては今回のご来日中の講話をまとめて日本語で出版することをご承諾くださったスピヴァク教授ご本人、京都賞の運営・実施母体であり、同賞と関係する教授の資料や学生フォーラムの機会をご提供いただいた稲盛財団の皆様、特に稲盛和夫理事長をはじめ、稲盛豊実専務理事、忽那武範事務局長、元理事（広報渉外担当）の木越清彦氏、そして広報渉外担当の原健一部長及び学術担当の五十嵐光二副部長らのご厚情には、心より謝意を表するものである。また日本語訳を担当してくださった東京経済大学の本橋哲也先生、本書の出版を快くお引き受けくださった人文書院の松岡隆浩氏、部局を横断して準備にご協力いただいた大阪大学教職員の各位、国際公共政策研究科稲盛財団寄附講座のスタッフ（翻訳・解説担当の篠原雅武氏をはじめ、中内政貴、神谷祐介、富田大介の各氏）及び研究支援室の村下明子室長と加谷知佳子氏の活躍に感謝したい。

二〇一四年一月吉日

星野　俊也

1　いくつもの声

二〇一二年一一月一一日　国立京都国際会館

まず先に話されたお二人と私自身のあいだに心の橋、魂の架け橋を二つかけることから始めたいと思います。コンピューター科学者のアイバン・エドワード・サザランド博士は「仕事のなかには魂がこもっている、でも結果は私の把握できないところにある」と述べられました。また分子細胞生物学者の大隅良典博士は「こんにち重視されるのは結果、すなわち効率、すなわち速度だ。しかしながら知的探求にはそれ自身の時間と空間が必要である」とおっしゃられました。

どうぞ聴衆の皆さまにはこれらの言葉からの反響を以下の私の話のうちに聞いていただけるようお願いします。

私たちが語っているとき、いったい本当に語っているのは誰なのでしょうか？　科学者であろうと芸術家であろうと教育の程度にかかわらず語るとき、そこで語られているのは私たちの歴史にほかなりません。そして私たちは自分ではそうした歴史のごく一部分しか図にして示すことはできないのです。今日ここで行うのはそのような図解の試みです。そのような試みを通して、光栄にも受賞させていただいたこの京都賞をくださることは私をこれまで創りあげてくれた、とてもここでは数えきれないほど多くの人びとにも実は賞をくださっているのだ、という事実をあらためて皆様と共有したいと思います。

最近になって学んだことですが、アフリカの多くの国で教育程度の高い人びとでも、話す母語は一九世紀にヨーロッパから来た宣教師たちによって体系化されたものとは異なるそうです。人びとはいまだにそのような言語を使って同じ母語を共有する人たちとコミュニケートしているらしいのですね。実際、そうした文法が整序されていない母語の系譜をたどっていくと、ときにアフリカの東海岸から南部までそれがずっと広がっているということです。おそらくそうした言語の道は思いも及ばないほどたくさんあるのでしょう。そしてこれらの言語を「絶滅の危機に瀕している」と呼ぶこと自体、いかにそうした言語が驚くべきサバイバルの歴史を経てきたかを認めていない言い方ではないでしょうか。

また「伝統的な」言語と呼んでしまうことも、それらが何世紀にもわたって移動と変革を繰り返してきた事実にそぐわない名称です。実際、そうした言語が貧しい共同体のなかだけで話されていると考えてしまうと、いかにこうした多くの「近代化された」人びとがこれらの言語を自分から進んで使用し、それがまた選挙の投票にも使われているという事実が見えなくなってしまいます。

言い換えればこうした諸言語は、ほかでもない近代の民主主義とともに存在しているものなのです。これらの諸言語はいまだ辿られていない歴史の集積庫なのだ、これが私の学んできたことです。こうした無限の宝庫についてアフリカ出身の、そして他の同僚たちとともに考えること、それが今日ここでの話の源泉になっています。

ですから私の人生において助けてくれた人びとに思いをはせるとき、私はそうした人たちの背後にあるさまざまな歴史についても考えたいのです。それはそのような歴史を表面上は作ってきたように見える公式の歴史の陰にある隠された歴史なのですが。このことを踏まえながらこれから言葉を紡いでいきたいと思います。私の考えの基となっているのはあらゆる要請の前提として無条件に倫理的なものがあり、民主主義とは判断力の訓練に基づいた政治的力学のことである、そのような理解です。

父と母について

私の両親は他人のことを考えるような人間に私を育てただけではありませんでした。両親は自分たちで模範を示すことによって、他者への配慮が私自身の一部、私たちの「魂」

となるよう育ててくれたのです。ここで言う「魂」とは私たちの思考や感情や想像、からだの成り立ちさえも形作っている何かのことです。

一九四七年に大英帝国からインドが独立したさいに起きた分離のせいで、カルカッタ（現コルカタ）には多くの難民が流れこみました。私の母、シヴァーニ・チャクラヴォルティは、そうした難民たちを迎えて彼ら彼女らが住む場所を見つけられるよう助けるために毎朝早く家を出て近くの駅まで行くのを日課としていました、私が五歳の時のことです。私が大きくなると、母は貧しい寡婦たちに仕事を身につけられるような訓練をほどこす仕事を私にも分担させるようになりました。母はサラア・マースという尼僧院をつくるために奔走して、社会から隔絶した生活を送ろうとする女性たちのために場所を提供したのです。こうした女性たちの多くは知識のある人たちで、その後、膨大な数の恵まれない他者たちのためにきわめて重要な仕事をなしとげました。

母はさらにカルカッタで最初の女性労働者のためのホステルをつくり、それが大成功を収めたので州政府がその秘訣を彼女に聞いたほどでした。母の従妹のひとりが家庭内暴力とジェンダー差別に苦しんでいたのですが、母は彼女をこのホステルの管理人にすることで彼女の才能を開花させるといったこともありました。このようにして母は多くの人びとに可能性を開いたのです。さらに付け加えれば、母が七〇歳代、八〇歳代になってアメリカの市民のひとりとなったとき、この新たな国で一万時間以上もボランティアとしてベトナム戦争からの後遺症に苦しむ兵士たちのために働きもしたのでした。

母がしたことのほんのいくつかしか紹介できていません。日常生活における母はいつも陽気で明るい性格の人で、そして同時に無条件に倫理的であることをつねに目指していた、そのことをまだ十分にお話しできていないと思うからです。

私の父親、ドクター・パレス・チャンドラ・チャクラヴォルティは農村生まれの少年で英領インドで最年少の民間外科医として将来を嘱望されていたのですが、性暴力事件の裁判で嘘の証言をすることを拒んだがゆえにそのキャリアを棒に振ってしまいました。この出来事が起きたのは私が生まれる前のことです。私が父を知るころには、父は私たちの周囲に住む多くの貧しい人びとを癒す聖人のような医者でした。インドの分離独立によって引き起こされた宗教的騒乱のあいだムスリムの人たちを守ったのも父でしたし、父の教えていたムスリムの学生たちがイスラーム側の暴力から父を守ってくれもしたのでした。

私が一一歳の時——父は私が一三の時に亡くなりました——父が郵便局に連れていってくれたことがありました。そこで並ぶ長い人びとの列を指さして父はこう言ったのです。

「おまえは私の娘でしかも階級も上だから、皆がお前を列の先頭に立たせるだろう。でも覚えておいで、いつも列の最後に並ぶのだよ」、と。これは一九五三年のことでした。それ以来自分が前に進む可能性があるたびに、私はこの父の言葉を思い出してきたといっても言い過ぎではありません。

両親はジェンダーの違いについても敏感になるよう教えてくれました。母は一四歳で結婚しました。彼女が学校の最終学年に居たときです。私の父は女性も教育を受けるべきだと考えていただけではありません。もちろんそうした信念を父は抱いていたのですが、重要なのは、子どものような自分の妻が飛びぬけて知性的な人であることを理解していたということです。父は母が可能性を伸ばせるようにいつも道を開いておきましたし、一九三七年に母はたった二四歳で修士号を獲得しました。そして母は生涯を終えるまで独立した知識人として過ごし続けたのです。

京都賞を受賞する女性として私はこう言わなくてはなりません、私の母と私自身にとっての倫理への誘《いざな》いは他者への責任として強制されたものではない、と。こうした他人への責任はあらゆる社会においてしばしば女性のジェンダー役割と見なされており、このようなスーパーママたちが子どもと家庭にすべてを捧げることを存在の条件としているのです。

こうした両親の姿勢は彼女たちが初期のラマクリシュナ運動に関わっていたことと関係があるように思います。この運動はあらゆる差別主義の体制を変革することを目指しました。階級や人種や宗教の差別、とくに宗教差別はこんにち子どもたちに対する宗教教育がそれほど盛んでなくなったことから注意をひかなくなっているのですが。他の「新興」国と同様にインドでも心や頭の筋肉をきたえて倫理に反応する力を備えさせるという欲望を失ってしまったのではないでしょうか。

ラマクリシュナ（一八三六—一八八六）は瞑想を日課とする預言者のような人で、彼の妻が私の父親を一九二〇年、父が二一歳の時に倫理を重んじる生活へと導きいれたのでした。女性が自らの精神的な導き手であったことが父にとってジェンダーの正義を重要だと考える助けとなったことは疑いないでしょう。一九二八年に父は私の母親をスワミ・シヴァンナンダというラマクリシュナの直系の弟子のひとりに紹介して、それから母の倫理に重きをおく生活が始まりました。シヴァンナンダはジェンダーの平等を日常生活のなかでつねに考える人で、それが一六歳だった母に多くの示唆を与えた話を何度も聞かされました。

こうした日常重視の底にはきわめて深い哲学があることをおわかりになっていただける

でしょうか。母がしてくれた話を思い出すと私は今でも涙がこぼれてきます。私の書斎の机の上には老人となったシヴァンナンダの写真が飾ってあります。彼は母に次のように言ったそうです。「夫の家で義理の父親が一緒に住んでいるようなところでは、自分で瞑想するような時間はないだろうから、ひとりで大いなる自然の呼びかけに応えたくなったら、ただ両手を合わせて師に感謝を述べるだけでいい、それで十分だよ」、と。後ほど魂の贈り物について、一九六〇年代にさまざまな運動に関わっていた別の宗教者から私自身が聞いた話をしましょう。

倫理を支える記号作用

さて私の両親は自分の子どもたちを先生がキリスト教に帰化した現地の人びとであるような学校に送りましたが、そういう先生たちの多くはいわゆる下層カーストのヒンドゥーでした。私が通った聖ヨハネ教区女学校はカルカッタでもっとも古い教会に隣接していて、この教会には町の創設者であるジョブ・チャーノックが埋葬されています。そこの先生たちは新たに自由を獲得した人たちにふさわしい情熱をもって教育に邁進していました。私は今でもよく言います、教区学校が私をつくったのだ、と。

北インドの古い言語でほかの古典言語と同じく壮麗な言葉であるサンスクリット語を教えてくれたのは、そこの教師の一人だったニリマ・パイン先生でしたが、彼女はまさに教育に身も心も捧げる教師のひとりで、この先生のおかげで私は今でもサンスクリット語を研究にも教育にも使うことができているのです。学校で日を過ごすうち、校長先生のチャルバラ・ダス先生が私の目指すべき模範となりました。彼女の慈愛に満ちた威厳と柔和な厳しさはとても私などがまねのできるものではありませんけれど。倫理に応答しようとすること、その兆しがもし私にもあると皆さんが親切にも認めてくださるならば、それはダス先生がその大切さを私のなかに開いてくれたからです。そのことは当時の私は理解できていなかったのですが、次にお話しすることでわかっていただけると思います。

西ベンガル州で私が土地を持たず文字の読めない人びとを教える教師を訓練する仕事を始めてから三〇年になります。私自身まったく宗教とは縁のない人間で信仰もありませんが、これについてはまた後ほど触れます。最近、訓練を受けている村の教師たち全員が集まる会合があって私はそこで英語の前置詞について教えたのですが、そのときダス先生の学校でのお祈りを例に使いました。「神よ、我らの前で我らを導き、我らの後ろで我らを戒め、我らの下で我らを支え、我らの上で我らを引き上げ、我らの周りで我らを守りたまえ」といった、たくさん前置詞が出てくるお祈りです。私の学校時代の倫理への呼びかけが違う種類の教えとなって、私の英語への翻訳を通してカルカッタのような都会から離れた人たちのために役立ったのですね。望みを捨てずに努め続けなさい、ということではないでしょうか。

ここで申し上げておきたいのは、私の両親が母語を愛していたおかげでその子どもであった私たち姉妹も、私が倫理的な記号作用と呼んでいるものとのつながりを維持することができたということです。

私たちが子どもとして、最初に学ぶ言葉には理性以前の言語がありますが、そのような言語は意識された頭には感知されない部分の頭脳を動かすものです。つまり子どものときの私たちはある言語を発明し、その子どもの親たちはこの言語を「学ぶ」。親は特定の名称がすでについている言語をしゃべっているので、この子どもの言語はこの名前の付いた言語のなかに挿入されていきます。親の話している名前付き言語には子どもが生まれる前からの歴史があり、また子どもが大人になって死んでもその歴史は続いていきます。子どもがこの名前付き言語を習得していくにつれ、子どもはその言語内部のあらゆるネットワークにアクセスできるようになり、すべての発話と表現の可能性に開かれていきます。

そのことをいちばんよく表している比喩はコンピューターでもよくつかわれる「メモリー」というメタファーでしょう。

理性が働き始める前における、最初の言語習得、最初の言語活動のうちには、倫理的な記号作用、すなわち意味をつくることを成り立たしめる原理的な作用があるのです。私が英語やフランス語、ドイツ語を愛することができるのは、そしてこうして年をとってから中国語や日本語を学習者として愛することができているのは母語に対する愛情がいまなお根底にあるおかげであること、それは疑いようのない真実です。比較文学の古き良き時代の学生にならって、私は他者の言語を学ぶとき自分の最初の言語学習を真似しようとしているのです。もちろんそんなことは不可能であると知りながらですけれども。

パヴィトラナンダからの贈り物

一九六一年ニューヨークにやってきた私は、ラマクリシュナ運動に関わっていた者としてニューヨークのヴェダンタ協会を訪れました。ご存知のようにヴェダンタは高度な哲学的思考を必要とするヒンドゥー教の一分野ですが、私はニューヨークのヴェダンタ協会の長をしていた、傑出した指導者スワミ・パヴィトラナンダに出会います。彼はすでに六〇歳を超えていましたが、厳粛ななかにも優しさをひめた、膨大なヴェダンタの知識を持っていた人でした。一九六三年に二一歳の私は信仰をなくしてしまったと感じていました。このことをこのようにしか言い表せないのですが、この表現を日本語にするとこうした言い方の不思議さが伝わるだろうか、もしかしたら伝わらないのではないか、そう考えると面白いですね。こうした感じをスワミ師に打ち明けずにいるのも適切ではないような気もしたのです。

私は彼にこう言いました、「先生、私は信仰をなくしてしまいました」。すると先生は「ガヤトリ、どこに逃げようというんだい？　君が集中している研究こそ、君が神聖になる道なのではないかね」と言ったのです。（読むことはテクストに「とりつかれたいとお祈りをする」ようなものだというジャック・デリダの発想を私が理解したのは、このパヴィトラナンダの言葉を通じてであることをここで申し述べておきたいと思います。）

いま「神聖になる道」と翻訳したのはサンスクリット語の単語「タパスヤ（tapasya）」で、シッダールタ・ゴータマの集中した瞑想を表す言葉です。この瞑想ののち彼は蒙を啓かれた人、すなわちブッダとなりました。私がこの言葉を聞いたとき私は次のような啓示として理解しました。すなわち人文学を真摯に研究することによって、人智を超えたものへの直観を得る練習となること、そしてそのような研究はもし倫理への呼びかけがなされるようなことがあったときに、それに反射的に応答する準備ともなりうるのだ、と。一九九一年に私が受けたもうひとつの精神的贈り物が、こうした理解を私の魂のなかに広げてくれました、その出会いについて述べたいと思います。

一九八五年に私とビマル・クリシュナ・マティラールとの友情が始まります。ビマルはオクスフォード大学の東洋宗教と倫理学のスポルディング教授職の地位にあったのですが、彼はデリダの脱構築の哲学に興味を抱いていました。私のほうでも彼とともにサンスクリット語でインド語族の理性的な批判哲学を読むことによって多くの利益を得ることができました。この協同学習は一九九一年に彼が亡くなるまで続きました。最後の会合のひとつでビマルはヒンドゥーの行動哲学のなかに見出すべき多数の因果論のひとつについて語ってくれました。彼が亡くなってから、私はパリの国立図書館でインド神話のサタパサブラーマナの物語を読むことができました。次のような話です。

神の大工であるヴルハスパティがすべての生き物を創ったが、それらはすべて彼から逃げていってしまった。彼は後を追いかけたが追いつくことができなかった。彼はひどく汗をかいて戻ってきて、その汗が彼がそこから生き物を創った火のなかに滴った。ヒンドゥー教では神々を呼び出すために火を灯します。この火のなかに滴った汗が最初の供え物となって人間と煉瓦をつくり、それが人間を自然界から文化のなかへと導く住居になったというのです。

パリの黄昏のなかに立ちながら私はこの贈り物を亡くなった友から受け取りました。次の日、私はシャルル・マラムードと会う約束があって彼からも贈り物を受け取ることになります。マラムードはフランスのユダヤ人で『世界を料理する』という古代インドに関する驚くべき本を書いていました。私がそのとき学んだことは「タパスヤ」とはたんに知的労働による変化をとおして得られる啓蒙にはとどまらないということでした。それはまた「タアパ（taapa）」にも関係する。「タアパ」とは熱のことで、生身の肉体による創造的な手仕事によって作り出される熱のことです。このことを悟った私は、インドにおける最大の選挙民集団でありながら支配階層の肉体労働に対する蔑みゆえに認識能力の発揮が防げられた人びとに、民主主義のなんたるかを悟らせようとする試みに駆りたてられるようになったのです。

パヴィトラナンダから教育という営みに関して私がもらった贈り物はこれにとどまりません。

一九六四年のアメリカ近代言語協会の年次学会のあと、私は最初の専任教員の仕事をアイオワ大学に得ることができました。私はパヴィトラナンダ先生に言いました。「先生、心配です。まだ二二歳でインドを出てから三年にしかなりません。大学院生も教えなくてはなりません。フランスの詩人ボードレール、ドイツの詩人リルケ、それにアイルランドの詩人イェーツの大学院でのセミナーを引き継いだからです。怖いのです。」「ガヤトリ」と、先生は言いました。「君は生活のために教える、お金のためだ。ということはあなたが自分の学生たちに仕えるということだよ。仕える者が主人の子どもたちを叱って、子どもに義務を果たさせるのを見たことがないかい？　忘れてはいけないよ、あなたが学生のサーバントだということを。もし自分が偉大な先生、グルーだと思い始めたら全ておしまいだ。」

彼が例としてあげていたのはもちろん家庭の召使いのことだったのですが、その慣習も現在では幸いなことにほとんど消滅しています。それでもこの比喩を通した教えは私の心に深く沁みわたりました。コロンビア大学でもベンガルの農村学校でも、このことを忘れたことは一日もありません。

一九六七年に全くの偶然で、（当時の自分にとっては）無名の著者の本をカタログから注文しました。そして少しずつ私の仕事は哲学的な輪郭をまとっていきました。その本は『グラマトロジーについて』で著者の名はジャック・デリダでした。

二度の結婚と離婚をした私は一九八六年にジェンダーの泥沼から脱出した思いでした。そのとき私が感じていたのは自分に下から学ぶ用意ができたということです。周りを見回してみると英雄的な医療活動をしていたザフルラ・チョウドーリがいて、彼が私をバングラデシュの農村で救急医療活動をしている女性に紹介してくれたのです。彼は私を田舎の貧しい人たちを教えるために派遣し、僻地の夜学校へと送ってくれました。さらに七〇年代からの友人であった詩人のファハド・マツァールが、ララン・シャー・ファキールという一九世紀の草の根神学者および唱歌の作曲者として驚くべき深さと才能を持った人が創った神学校があるのですが、そこで働いている人たちに私を紹介してくれたのです。

ファハドの同志で私生活のパートナーでもあるファリーダ・アクターは疲れを知らずグローバルに活躍しているフェミニスト活動家ですが、彼女がこうした活動に私を引きこんでくれました。彼女のリーダーシップの下で私は一九九四年のカイロでの国際人口開発会議に参加したのですがこの会議は国連が最初にＮＧＯに門戸を開いた会議として有名ですね。この会議では地球の北と南との断絶が顕著でしたが、私はそこで倫理的なものを実現するには上からの計画ではけっして近道にならないこと、そして貧しい人びとに自分自身の利益にもとづいて何かを教えようとすることがきわめて問題であるということを感じました。このことでファリーダにはいくら感謝しても足りないと思っています。

ファハドが最近、ラランの活動について深く考えるようになったのは私のおかげだと言ってくれました。でも私の方ではラランはファハドからの私への贈り物と思っているのです。ラランのお墓のそばで彼の弟子たちに話をしながら、私は脱構築の豊かさを見出しています。こうしたお弟子さんたちは制度としての教育を受けてきたわけではありませんから、私にとって他者の空間のなかで責任を保持しながら自分を棚上げにする、これもまたあらたな訓練の機会となるのです。それはまさに倫理への呼びかけがやってきたときにそれに応答する基礎訓練であり、パヴィトラナンダ先生が言う意味での人文学教育がおそらく目指すことのできる訓練なのだと思います。

以下はラランの弟子たちがどのように自己を表明しているかの例です。これは仲間のひとりのお葬式への招待状の一部としてファハドが英語で書いたものです。

人びとをその違いや多様性のもとに結び合わせる倫理や政治上の条件をつくりだすた

めには、社会の中枢から排除されその権利を奪われている「サバルタン（subaltern）」や「アウトカスト（outcasts）」と呼ばれる人たちを目覚めさせることが必要である、これこそ（最近亡くなった）彼が思っていたことだ。この観点から彼は、カースト制度と階級差別と家父長主義に反対する運動が、バングラデシュの民衆を主体とするボークティ（bhokti）運動には重要だと主張していた。ボークティ運動を単なる芸術運動として脱政治化してしまうことは、その倫理や政治上の重要性を否定することになる。こうした彼の遺産を引き継がなければラランが残した知を再興するための地盤つくりもできないだろう。このように社会的に排除された人たちを動員することは、何百年も続いてきた伝統のなかで育ってきた調和と責任あるライフスタイルを実践する賢い人びとを糾合することなのである。

まず申し上げておきたいことは、ララン・シャーがイスラームとヒンドゥーという東インドのふたつの伝統的に対抗関係にある宗教を、双方の倫理や政治の要素を合わせることで融合させたということです。第二に、この亡くなった弟子について語る言葉の最初で述べられている「サバルタン」について少しお話したいと思います。

「サバルタン」とは、私たちがアントニオ・グラムシから学んできた用語です。軍隊用語として「サバルタン」が命令を受け取るだけの兵士の意味であることから発想したグラムシは、この語を国家や共同体から切り離された人びとを指すために使いました。最後に「ボークティ」という単語ですが、これが「カースト制度と階級差別と家父長主義に反対する運動」という文脈で使われていますね。私の以下の説明は専門家のそれではないのですが、少しだけお話ししておきましょう。「ボークティ」は広範な全インド的運動です。ララン・シャーの活動も一六世紀にはじまった東インドの運動に掉さすものです。「バークティ（bhakti）」という単語はサンスクリット語の語源「バージ（bhaj）」から来ていて、その語のもとの意味は「分ける」と同時に「共有する」ということです。つまりこの性質はフランス語の「パルタージュ＝分有」と共通しています。脱構築の哲学者たちも、この「分割しながら共有する、共有するために分ける」という特性についてさまざまに語っています。

驚かれるかもしれませんが、このフランス語とサンスクリット語の結びつきの「正しさ」を発見したのは、実はこの講演の原稿を皆さんのために、つまり私が知的な応答責任を担っている聴衆の方々のために書いているときだったのです。もちろん「バージ」が

「分ける」という意味であることは知っていたので、私の「ボークティ」の理解もそれをもとにしていたのでした。

でもこの講演原稿を書きながら、サンスクリット・英語辞書を見てみたのですね。そうしたら「バージ」の最初の意味は「分ける」となっており、一六世紀ヨーロッパの宗教改革のモデルに従って、「バークティ」運動は一般に直接的な献身であると説明されていました。私はこの語について書く三〇分前までは、「ボークティ」が自分を分割し伝統に従ってある特定の役割を果たすことに過ぎないと考えていたのです。しかし、それはちょうど偉大な役者がお金のためだけでなく自らの役を力強く演じるように、けっしてあきらめることなく日常の自分からはみだしたものとの特別な関係を取り結ぶことのようなものです。

こうした私の発想もララン・シャーの弟子たちが心から受け入れてきたことでもあったわけで、なぜなら彼らは辞書の助けも学問的な定義や人口に膾炙した説明もなしに、そのことを知って考えることができていたからです。私自身がこうした思考に迫れるのは人文学徒として演劇の重要性を知っているからです。これこそ私が先ほど触れた脱構築の豊かさではないでしょうか。皆さんのおかげでこのような豊かさをさらに確かなものにできたわけです。

教えるということ

やや抽象的になりすぎたかもしれません。子ども時代の話に戻りましょう。

子どもの頃、私は家にいた使用人の子どもたちに文字を「教える」のが好きでした。彼女たちをいわば自然に教え子に見立てて、まさしく子どもらしい関係を築いていたのですね。この習慣は大人になっても私から消えませんでした。このようなまさに地べたの上での強制されない教育の試みの一つの結果が私の故郷の西ベンガルでの活動で、プルリアという「遅れた」地域を私が訪れるたびに、そこの活動家から部族の子どもたちのために小学校を開いてくれないかという計画を持ちかけられたのです。私は最初ためらっていたのですが、いったん動き出すとそこから離れることができなくなりました。

私はその時には気付かなかったのですが、ムッソリーニによって投獄され四六歳で生涯を閉じたアントニオ・グラムシの仕事がこうした教育の仕事と共鳴するようになってきました。これら部族民たちの環境について学ぶことに興味を持っていた私は、彼ら彼女らが民主主義についてほとんど何も考える機会がないまま世界最大の民主主義国家であるインドで投票権を持っていることが引っかかっていたのです。当時はまだ意識していませんでしたが、これがいずれ私にとって「前衛主義の見直し、先に立つ者を補う運動」と私が呼ぶようになったプロジェクトにつながっていきました。私にとってそれは牢獄のグラムシが構想したのがマルクスによる社会正義への取り組みが認識論的なものである（言い換えればそれは知の対象をどう構築するかの方法を変えることである）と理解することと同じ道筋にある活動だったのです。

私が社会正義について考え始めたのは一五歳の時で、カール・マルクスの仕事と関係していましたが、グラムシへの方向性を持ったこうした西ベンガル州の農村学校での仕事はとても重大な倫理的性格をもっていました。民主主義とは結局のところ、倫理にかかわる困難な政治的力学の賜物です。また私のこの仕事はアフリカ系アメリカ人の教育者W・E・B・デュボイスに対する私の関心ともつながりながら、この時期に表に出てきました。すなわちデュボイスの考え方のなかで、貧しい人びとは施しを単に受け取る受益者であるよりは倫理の主体として自律しているという発想が私の心に響くようになったのです。

最初から私はこれらの学校について先入見なしで臨もうとしました。土地を持たない文字も知らない人びと、いわゆる部族民とか「アンタッチャブル」（彼ら彼女らは憲法では生存を保証されていますが、特権のある人々から見ればいまだにそうではありません）とか呼ばれる人たちは、カースト制度に起因する差別によって認識力そのものを損なわれてきました。ここでこそ私の「タパスヤ」理解、すなわちそれが知的な啓蒙であるとともに身体の啓示でもあるという考え方が役に立ちます。

農村の生活では教師でも学生でも肉体労働という概念が大きな関心を引きます。とくに私が、彼ら彼女らに許されてこなかったのは知的労働への権利であると指摘すると皆が心を動かされるのです。知識に基づくような労働は上流階級や上層カーストの人たちだけに許された営みだと考えられてきたのですから。こういったことがこの人たちにはすぐに自分に即した主題として響いたのです。

こうして日々が過ぎてゆき西ベンガル州とアメリカとを往復する生活を続けてきたのですが、やがて私はまったく逆の極においてアメリカの学生たちも知的労働の権利を奪われているのではないかと考えるようになりました。なぜなら彼ら彼女らはインターネットによる検索エンジンの機能に頼り、卒業後の雇用と収入にしか焦点をおかない学習態度にどっぷりと浸かっているからです。私自身はこうした最新のテクノロジーを嫌悪するわけではありません。それでも私はデジタル技術が毒にもなれば薬にもなると信じており、それが生産的に癒しのために建設的に使われるとすれば、それは唯一、人文学の遅い速度で訓練された頭脳と心によると考えているのです。

一九九七年に親友のロア・メッガーが亡くなりました。死にぎわに彼女は私に魂の贈り物をしてくれました。最後に会ったとき私たちは一晩語り明かしました。私は彼女に何があなたにとって今でも大事なのと聞きました。死を前にした大きな苦痛に打ち勝つように彼女は明るくそして何の躊躇いもなく「教えることとね」と答えたのです。彼女には私の農村学校のことを話したことが以前ありました、アトランタの彼女の研究室で長い一人語りで。彼女は一度として口を挟もうとはしませんでした。ですから彼女が形のある贈り物、一万ドルを遺してくれた時、私は心を揺さぶられても驚きはしませんでした。そのお金で私は両親、パレス・チャンドラとシヴァーニ・チャクラヴォルティの名前で記念農村教育基金を創設することができました。

そして今回いただいた賞金もこの基金にとても役立てることができます。西ベンガルの農村とアメリカのエリート大学という両極端で教える、自分自身の経験から得た教えにふさわしい教育者を一人でも二人でも育てることができればと心からそう思います。

ここで私の妹であるマイトレイ・チャンドラ教授からの魂の贈り物にも触れておくべき

でしょう。今回彼女をお招きいただいて本当にありがとうございました。彼女は教育に関するきわめて高度なレベルの活動に従事しており、とくにインド政府に委託されて女の子のための技術教育や中等学校における環境教育に携わってきました。その仕事は非常に多くの人に影響を与え、それにくらべれば私の仕事などはせいぜい数百人の関心を呼んでいるにすぎません。彼女は自分の経験からする私への励ましがどれほど私にとって大切かを知っている人です。つまり私のしているようなテクスト読解の仕事が国が行う枠組づくりの事業を底辺から支えるものとして必要であることを、彼女は自らの経験から知っているのです。

サバルタン、教育、民主主義

ここで倫理にとって訓練がもたらす物質的な意味について考えてみましょう。自分が死ぬ前に理解したいことがあるとすれば（すべてを理解するなんてことは不可能ですから）、私にとってそれは世界の問題を解決するのに「善良な」お金持ちなしで済ます手がかりです。「善良な」金持ちはこのことを成し遂げるためのお金を得るのに悪者に頼らざるを得ない。そして「善良な」金持ちのお金はだいたいにおいて悪い金持ちのところに戻っていく。乞食（beggars）もある程度はそこから物質的利益を受けるのですが乞食は乞食のままです。私の仕事は問題を解決する人を創りだすことであって問題を解決することではありません。そのために私は教師を教え続けていきますし、彼ら彼女らが今も未来も献身と集中をもって教えることができるように「善良な」金持ちをつくる学校（コロンビア大学）と乞食をつくる学校（西ベンガル州のビルバムという田舎にある名前のない七つの学校）でこれからも活動していきます（ちなみに西ベンガルのこうした学校での活動には通訳が欠かせません。インドは多言語国家で私の母語はベンガル語ですから）。

私が理解しなくてはならないのは彼ら彼女らの欲望です（必要ではなく）。そして理解と愛をもってその欲望のあり方を変えていくことができるよう努めなくてはなりません。それこそが人間に関わる学問、すなわち人文学の教育というものではないでしょうか。

つまり私の仕事は自らの間違いから学びながら民主主義を知覚する営みを教える方法を育てることです——自律と他者の権利とのあいだの綱引きと言ってもいいでしょう。「民主主義」とは論争のつきない言葉で、私のこの原稿を読んだある友人は私がこの語を作り変えていると言いました。つまり社会の上層にいる人々にとっては、基本的な市民的自由、すなわち言論の自由があることでもたらされた知的な空間における自律した批判的思考の習慣、それが民主主義である。民主主義は建設的な自己批判によって言論の自由を制限すべきだという考え方です。それに対して社会の下層にいる人びとにとっては、ひとりでも何らかの民主主義的な判断に近いものができるようになればそこに希望が生まれる。それはあらゆる方面からなされている抑圧に対して自分の利益を守るという正当な営みとも、たんに他者を引き従えることとも全く違うものです。

いま述べたことを解きほぐしてみましょう。

間違いから学ぶこと。大きな過ちは平等が同一であることを意味すると考えることです。私は都会に住む中産階級の教育のある両親のもとで育ち、皆様にお伝えしてきたような魂の糧となる贈り物をたくさんもらったおかげでさまざまな先入観や癖を身に着けています。そうした習慣や観念の集合が私たちの学習のための手段なのですが、それは何千年も抑圧されとくに自らの心と頭を使うことに関して自由が許されてこなかった人びとの手段と同じではありません。

具体的な例をあげましょう。

二〇〇〇年にバングラデシュで開かれた生物多様性フェスティバルでクリス・レワという若いベルギーの女性に出会いました。私たちは編垣で囲まれた茅葺の小屋の玄関先に座っていました。私が聞いていたのは何人かの農村女性たちの嘆きです、マイクロクレジットという小口の貸付金のおかげでいったい彼女たちがどんな禍にあっているかについての。すてきな冬の太陽のなかで腰を下ろしながらクリスが私に語ったのは、ベルギーの都会での仕事（たぶん多国籍ＮＧＯのような仕事でしょう）に彼女がいかに失望しているかということでした。そこで彼女が次に言ったことは今になって私にはわかるのですが、私がそれより数年前に考えていたことと同じ、つまり彼女なりの旅の始まりに当たっての思いだったのです。彼女も私も平等は同じであることではないと理解するようになっていたからです。

「ガヤトリ」と彼女はそのとき私に言いました、「自分の堅苦しい仕事をやめて世界の貧しい人たちと一緒にいたかったの。これまで私はここの人たちも貧しいにしろ、ベルギーの人たちと同じようなものだろうと思っていた、もっとずっと貧しいけれど。でも今は……」、と。どうして私はその時が彼女のとっての旅の始まりだったのだと今になってわかるのでしょう？

今年二〇一二年の九月一四日に私はコロンビア大学で、ビルマの少数ムスリムであるロヒンギの人たちがすさまじい弾圧の犠牲になっている事実に人びとの関心を向けようと大規模な会議を開きました。ビルマはミャンマーとも呼ばれていますが、そこでは民主化が進行していると言われながらこのような民族弾圧が起きているのです。そしてこの問題に関心を寄せる人びとが尊敬する一人としてクリス・レワの名前を知らない人はありません。彼女は平等とは同じであることではないと理解したのです。自分自身を他者のなかで他者のために棚上げにしておくことを学んだのです。

世界の貧しい人たちがベルギー人ではないように、ビルバム村の土地を持たず文字の書けない人びとは都会に住むカルカッタの人たちではありません。土地もなく文字も書けないということだけで同じことにはなりません。こうした人たちが知識を得るのに使っている心や頭の特殊な仕組みを学ぶことから始めなくてはならない、このことを理解するのに数年かかりました。そしていま私が彼ら彼女らを教えるとするなら、この人たちが使っているこの特別な手段を彼ら彼女が使いこなせるように助ける方法を学ばなくてはならないのです、なにか普遍的に存在する頭脳とかではなくて。私は今でも学んでいる最中ですし失敗もします、でも諦めることはありません。

それでもこの人たちは選挙に行きます。私はインド市民であり、一人一票の状況では私も彼ら彼女らと平等ですが同じではありません。私が教え訓練している先生や子どもたちはもともと才能がないのではなく（これが上層階級の見方ですが）、歴史によってその才能を伸ばせなくされてきたのです。私は彼ら彼女らに知識を教えるだけでなくこの人たちが正しく投票できるように民主主義的な思考の癖をつけようとしています。これらサバルタン階級は国家を使うことができていません。民主主義においては人びとのほうが国家をコントロールするというのが原則です。

私のささやかな失敗ばかりのそれでも執拗な努力に名前を付けるとすれば、それはサバルタンに市民意識を回復しようとすることと言えるかもしれません。ベトナム戦争に従軍した兵士たちをアメリカの市民として蘇生させようとした私の母の試み、私が思うのはそのことです。

でも市民意識や市民権は民主主義のなかで自己の利益を守ることとふつう考えられていますね、自律という意味で。もし他者の利益を第一に考える倫理を重んじる教育が伴わなければ、こうした自律の試みも現在の世界を支配する商業や金融の営みによってたちまち飲みこまれてしまうことでしょう。そうした経済活動は差異によって、異なる国々の異なる貨幣価値によって、富める者と貧しいものとの違いによって金融資本を肥え太らせていくのですから。

私たちはこの民主主義が持っている他者の利益を第一に考えるという側面をサバルタンの側からも理解しなくてはなりません。

私自身のインド人としての経験から申し上げると、私がかつて民主主義の最高のモデルとして考えていたのはインドの古典音楽です。そこでは自分で選んだ構造を縛る規則のなかに創造の自由が息づいていますから。私の同僚である社会政治学者ヤン・エルスターによれば、彼が自分のヨーロッパ人としての経験から引き出した最良の心と頭の仕組みは、ホメロスの『オデュッセイア』のなかにある民主主義だそうです。そのなかで主人公オデュッセウス（ユリシーズ）は船員たちの耳に栓をつめさせ自分の体はマストに縛りつけさせて、サイレンの魔法の歌を聴きながらも誘惑に負けて船を島に近づけ難破させることがないようにした、という話ですね。

でも私たちの発想はともに上層階級の一番上の方の考え方でした。古典音楽を作るには大変な訓練が必要です。またオデュッセウスは船員に命令して自分の体を縛り付けさせる必要がありました。これらはどちらも自己抑制としての民主主義の例です。私が先ほど述べた建設的な自己批判による言論の自由の制約としての民主主義というのはこのことです。

しかしジェンダーや階級によって強制的な制約を受けてきた人たちはどうなるのでしょう

か？　私がお送りした要約にはこう書かれています――民主的な判断に近い何かを育てること、一番下にいる人たちが用いることのできる公式として、と。

農村の子どもにとって民主的な判断を育てる練習は学習と試験に受かることとを区別することにあります。西ベンガルのバングサピ居住区のメフナド・シャバールが二〇〇六年にこのことを私に教えてくれました。

いま世界でよく使われている「人間開発指数」は量しか問題にしていませんね。何年学校に通ったかといった。私たちは自分の子どもたちのためにいろいろな学校を見て回ってどこが一番いいかと考えますでしょう？　メフナドは部族出身の一〇代の若者で両親は土地を持たない文字も書けない人たちですが、彼は地域の農園所有者のための統計の一つにはなりたくなかったのです。彼は部族出身の子どもとして初めて州の中学校試験で一番の成績を収めました。彼が望んでいたのはどんな条件にも制約されない基準にしたがって教育を受けることだったのです。サバルタンにとって民主主義とは恐ろしいものです。土地所有者が私たちの学校を閉鎖してしまったことがあります。二〇年間の努力が水の泡になってしまったのです。もう一度最初からと私は自分に言い聞かせました。

こうしたサバルタンの子どもたちのあいだでは、一番上と底との二極分裂はなくなりつつあります。子どもたちの心と頭は水を含んだセメントのように柔らかい。私たちが彼ら彼女らに刻みこんでいるのは互いに矛盾した習慣です。競争はなし、でも自分をより磨こうとする努力は無条件に認められる。学校の勉強は楽しくやってもいい、でも主流の社会に入れるように自分を鍛えよう。人を従えようとすることはすすめられない、権威に対して疑問を持つことは推奨する。何事も上からのお説教では決めない、すべては教室内の投票で決める。ジェンダーのバランスを図る、でも既存のジェンダー差別を掘りくずすために女の子を優先する。カントに従って言えば、人間としての自由、主体としての平等、市民としての自律。

人間的な意味も、現代の情報科学の場合と同じく、決して近づきえない精神のメカニズムのなかで、それ自体は無意味な断片的単位（ビット）からつくられるということです。子どもたちのなかに望ましい習慣を作りだすのはとんでもなく難しい。子どもという主体と教師という主体のなかに分別のきかない服従を育ててしまうのではなく、平等だけれども同じではないという関係を養うということは。

いちばん地位の低い法の番人、すなわち田舎の警官はサバルタン階級に属していることが多いのです。こうした法の番人たちが腐敗して性暴力や賄賂を当然とする文化を内面に

宿している。こうした人たちも階級差別のない社会を目指す私たちの息の長い仕事になか

にもちろん含まれています。

詩人エドリアン・リッチが私の京都賞への応答を代弁してくれているように思います。

彼女はこう言っています。「私たちが自分自身のなかに聞かなくてはならない、他者のさ

まざまな声を思い出すこと」、その努力が必要なのだ、と。この言葉に従って私もいくつ

もの声をここに呼び寄せたいと思います、名前をあげることによって。有名な人の名は省

きますが、彼ら彼女ら、すべての名においてこの賞を受け取るために。

シヴァーニ・チャクラヴォルティ、パレス・チャンドラ・チャクラヴォルティ、ニリ

マ・パイン、チャルバラ・ダス、スワニ・パヴィトラナンダ、ザフルラ・チョウドーリ、

ファリーダ・アクター、ファハド・マツァール、プラシャンタ・ラクシット、ロア・メツ

ガー、ロシャン・ファキール、マイトレイ・チャンドラ、メフナド・シャバール。

この人たちにかわって、皆様に心より感謝申し上げます。

2　翻訳という問い

二〇一二年一一月一二日　国立京都国際会館

はじめにもう一度、二〇一二年の京都賞思想・芸術部門を受賞させていただきましたことを心から感謝申し上げたいと思います。「京都賞の理念」という宣言のなかに含まれている「人知れず努力をしている研究者にとって、心から喜べる賞が世の中には余りに少ない」という美しい言葉が、今まるで王冠のように自分の頭上にあるようでとても嬉しいです。

感謝と尊敬の気持ちをまず捧げさせていただきたい京セラの創業者、稲盛和夫氏の理想――「人類の未来は科学の発展と人類の精神的深化のバランスがとれて、初めて安定したものとなる」――が、私のなかでこうして話し始める前から反響しています。そしてこの理念を真の目的とするためには、周到にご準備いただいたこのワークショップのテーマでありますす人文学の未来について私たち皆が責任をもって考える必要があるはずです。裸一貫からたたき上げ、高い見識を備えた偉大な資本家のおひとりとして、稲盛和夫氏は「グローバル・コミュニティ（人類および世界）にお返しをしたい」とおっしゃられています。

人文学の教員の一人として、そして無力ながら二〇一二年には氏の同志として光栄にも選んでいただいた者として、私は次のことを付け加えようと思います――「無条件の倫理をもお返ししたい」と。

稲盛財団の広報渉外部長である原健一氏にも心からお礼申し上げます。原さんは京都賞のプログラムの迷路を辛抱強く案内してくださいました。またこのワークショップを成功させるために疲れを知らず働いてくださった、稲盛財団の学術部副部長、五十嵐光二氏とそのチームの方々にもお礼を申し上げます。甲南大学文学部長の井野瀬久美恵教授は、聴衆の皆さんのご期待とこのワークショップの要請に応えるにはどうしたらいいかを細心のご配慮をもって私に教えてくださいました。ありがとうございました。

ふたつの翻訳

さて私の今日の話のタイトルは「徒然なるままに翻訳という問いについて考える」というものです。

私たちは日常生活でも思索の上でも同時に矛盾する指示にさらされている、この事実がここ数年私の頭から離れません。このことの例として、私たちが毎日自分の面倒をみていく上で生きながら同時に死に近づいている、ということにまさる事実はないでしょう。こうした矛盾にとらわれながらも私たちは前に進んで生きている、昨日と同じ世界が続くと考えながら、私たちが死んだ後もこの世界は続いていくようにと祈りながら。この状況を表す一般的用語は「ダブルバインド」です。ダブルバインドとは矛盾した言い方に聞こえるかもしれませんが、実のところなかなか生産的なことなのです。

翻訳も例外ではありません。人文学における翻訳をめぐる状況のダブルバインド、その生産的な側面について論じる前に、まず皆さんの注意を喚起しておきたいのは、人文学における翻訳が今日の世界における翻訳の必要性のなかではかなり限られた現象だということです。そこで私はいつもそのような議論のすすめ方をしているのですが、まず翻訳のふたつの極について述べてから人文学の問題へと入りたいと思います。

今日、世界で行われている翻訳の一つの極には、グローバルな状況において世界中を駆けめぐる商品についてまわる各種のマニュアル（使用説明書）に必要な翻訳があります。これらの製品は世界のどこか特定の場所で製造されているわけです。この今日どこにでもある翻訳の営みは人文学のようにしかつめらしいものではまったくありませんが、翻訳に本質的に内在するダブルバインドについて考えるときかなり参考になります。この場合、翻訳はあきらかに必要です。

私たちのグローバル化された世界では物が世界の一方の端から他方の端まで運ばれ、ときには異なる多くの場所で組み立てられたりもします。それに反して私たちの言語環境や生活様式は、ある一つの特定の言語によってのみ何らかの深い意味を獲得しています。このことはたとえば移民したり亡命を余儀なくされたりした人びとの第一世代についても言えることです。製造品に付けられた説明書という、まことに実際的でたわいのない例においてさえ、このことが同時に矛盾した指示のなかに私たちを投げ込むダブルバインド状況をもたらすのです。

かりに人文学における翻訳が細かいニュアンスを伝えることに腐心しているとするなら、こういった製品マニュアルの翻訳は世界人口の相当な部分に役に立つものでなくてはなりませんから、ここで必要となるのは翻訳された文章が完璧に理解されレベルは低くても誰にでも納得できる正確さを備えていることです。たしかにこうした要求がつねに満足されているとは言えないことは皆さんご存知の通りです。それでも最新の科学論文や工学の書類を読める人たちがいくつかのいわゆるグローバルな言語に通じている状況が一方にある反面で、この製品マニュアルの世界ではとにかく意味がしっかりと伝わるだけの信頼性がなくてはならないということは認めなくてはならないでしょう。

一見この製品マニュアルの世界で使われている方法は人びとの集合的な力に基づいているように見えます。そうした集合性は人文学の世界における翻訳では望むべくもありません。製品マニュアルの世界ではまずはじめに製品が売れそうないくつかの場所の言語へと翻訳がなされます。それから今度はこうしたそれぞれの地域から元の言語への再翻訳が行われる。さらに意味と翻訳とのあいだに完璧な同一性が達成されるようにと、こうしたプロセスがくりかえされているように見えます。これこそ製品が流通するグローバルな現場と、その製品が作られたローカルな場所とのあいだに、まさに切っても切れないダブルバインドの縛りが算術的な正確さで現れている例ではないでしょうか?

井野瀬先生がこのワークショップでの話を私に依頼する際に私の考察を促すために次のような一文を送ってくださいました。「翻訳とは一つの意味、あるいは大量の意味をひとつの言語から他の言語へとたんに移行させる営みではない。私たちは翻訳できないこと、さらには意識してあるいは無意識に省いてしまっていることにより注意を向ける必要がある」、と。

製品マニュアルはこういった理論が無縁の世界です。私たちがインターネットで日曜大工の材料を買うときに翻訳が正確でなければ困ってしまう、こうした状況があることをまず踏まえたうえで、私たちはここでの主題である人文学における翻訳について思索をつむいでいく必要があります。そうすることでどこからともなく予期しないかたちでやってくる無条件の倫理への呼びかけにふさわしい心と頭のありかたを鍛えるために、私たちは何らかの役に立つことができるのではないでしょうか。稲盛理事長も次のように言っておられます、「人類の最高の行為は、人のため、世のために尽くすことだ」、と。呼びかけ（calling）とは、務めを果たす行為（call）でもあるのですね。

翻訳のもうひとつの極は、迫害を受けた先住民や部族の人びとが真実究明委員会で自分たちが被った被害について語る場合です。

日曜大工製品の説明書では、無名の翻訳者集団が完璧な正確さをめざして、音色や調子、感情や主観のような言語内部にある要素を無視せざるを得ません。ところが真実究明委員会の翻訳者は犠牲者たち、拷問や性暴力を受けたり、殺されたりした人びとと同じ言語を話し、自分も犠牲者たちと同化している。そして犠牲となった人びとが生きて苦しんできた過去が未来も続いていくかもしれないという恐れを翻訳者も抱いている、そういう場合がしばしばあります。また翻訳者はそうした犠牲者の気持ちを真実究明委員会の場で即座に代弁しなくてはならない、そういう立場に置かれているのです。

こうした状況はまさに最良な形で成り立っている読みの体験を極限にまで凝縮したものと言えるでしょう。読書体験が理想的な形で成立するためには倫理を喚起する呼びかけへの応答に対する準備が求められるからであり、そのような読みを人文学は教え育てることができるのです。ここで犠牲者と翻訳者とのあいだ、翻訳をする私の人生と翻訳される彼ら彼女らの人生とのあいだに存在するダブルバインドは複数のダブルバインドが互いに結び合わさったものにほかならないわけですが、その過酷な状況ゆえにこのような翻訳に従事する人たちがたちまち燃え尽きてしまうこともしばしばあるわけです。

言語と倫理

さて、人文学の世界に生きる私たちは教員としても翻訳者としても（私はその両方ですが）、こうした二つの極のあいだでやや不明確な場所に住みついています。私たちのやっていることは誰もが従うべき模範といったたぐいのものではありません。それでも人文学に従事する者はこの地球という天体が人びとの住む世界へと変わっていくことをけっしてやめない、そのようなプロセスを進行させていくきっかけを作っているのです。そのように自分たちが役に立っているということを考えさせる、その手がかりとして次の初期のアインシュタインの言葉を思い出してみてもいいかもしれません。「テクノロジーが我ら人類の営みと重なってしまう日のことを私は恐れている。そんな日が来れば世界にはそのうち愚か者しかいなくなるだろう」、と。

伝統的な人文学の分野に文学と哲学があります。文学と哲学が最良のものとして機能しているときには、そこから想像力と理性とをあわせもった現場の活動が育ちます。文学と哲学が私たちに教えるのは、これまでに無かった仕方で対象を構築し新たな知を築くことです。このような訓練を指して私は「認識の営みを啓くこと」という言葉を使ってきました。文学について言えば、この訓練はテクストの読み手の利害や先入観を棚上げにすることを促します。そうすることでテクストはかぎりなく他者の真実へと近づいていくのです。

いっぽう哲学では、教師と学生が哲学することによって一般化することのできる理性的な存在にそなわった想像力を育てることができます。ここで言う「理性的な」という単語は「理にかなって妥当な」ということとは違いますし、「合理的な選択」というときに使われる形容詞である「合理的」ということとも異なります。「合理的な選択」とは世界を政治や経済をめぐる予測によって動かし、そうすることで私たちの人生を世界のなかで闘争するか、世界を支配するかの二項対立のなかに投げ込んでしまいます。

『ならず者たち』（鵜飼哲、高橋哲哉訳、みすず書房）のなかでデリダは次のようなことを勧めています。すなわちラテン語のような普遍言語を超えたところで、世界のあらゆる言語において「理性的な」と「理にかなって妥当な」との差異を翻訳することを私たちが学ぶこと、そうすることで私たちははじめてグローバルな全体において約束が満足されるありさまを想像する端緒をつかむことができるのだ、と。

もし文学と哲学がこのように教えられるとするなら、私たちはアインシュタインが恐れていた事態を免れることもできるでしょう。しかし避けがたく世界じゅうで進行する学問の専門化は文学や哲学のこうした機能を大事にしてきたとはとても言えません。稲盛理事長の理想とはまったく異なる近視眼的な現代の多数派ビジョンなるものは、こういった技能を古くさく役に立たない不必要なものと思わせている、そのような現実があるのですから。このような現実に対する反応として資金がやせ細ったせいでますます新たなアイデアを表層で競いあうことが求められるようになった結果、この種の人文学教育は私が先ほど述べたようなものとは似ても似つかないものとなってしまっているのです。これが私たちの抱えている第一の問題です。

同時に言えることは、歴史上このような訓練を受けることのできた人がヒューマニズム（人文主義）と呼ばれる知を守ってきたということです。そして通常ヒューマニズムの主体として想定されてきたのは異性愛者で、主流派集団ないしは主流派カーストに属し、多数派の宗教を信じ、土地財産を持っている男性とされてきました。

歴史上あったこのような偏りが哲学を介してじっくりと探求されるよりも行きあたりばったりに問い直されてきた結果として、今日の新しい教育を受ける者たちはたいていが速さと雇用と市場で成功するかを、至上の価値と見なすように教え込まれてしまっています。他方の側では、伝統的に社会の主流から排除されてきた人びとも自己中心的なアイデンティティの力学にこだわるあまり、私がこれまで述べてきた他者の倫理や他者からの呼びかけに耳を閉ざすことになりがちなのです。これが私たちの抱える二番目の問題です。

稲盛理事長は「グローバル・コミュニティ」ということをおっしゃっています。私が述べてきたことから察していただけるように、そうした共同体を考えることはダブルバインドのうちにあることが避けられません。なぜなら共同体における情緒とか感性とかは必ずその共同体での第一言語に結びついており、またそうした言語は必ずしも民族とか階級とかには一致しない人間集団に関係していて、しかもそうした人間集団は隣人として想像されるステレオタイプと結びついているからです。これが私たちの第三の問題で、私がきょう最初にお話しした製品マニュアルにおける翻訳によって卑近な形で示されているグローバルとローカルのあいだのダブルバインドをこの三つの問題とともに考えることによって、翻訳をめぐる哲学的な考察が可能になるわけです。

もし私たちが、翻訳一般に内在する生産的なダブルバインドについて考えようとするなら、以上のような問題を考慮しなくてはならないでしょう。一方に、言語の記憶に接近するための、つまり言語のなかに潜んでいる言語そのものの記憶に近づくために言語の深層に届くような言語学習があり、他方に、そのような深い言語学習を必要とする翻訳への取り組みがある、そのあいだのダブルバインドは新たな何かを生み出す可能性を持っています。

こうした考察から私は翻訳を利便性のもとに考えるのではなく、ある活動として捉えるようになりました。利益をもたらす翻訳についてはあまり多くの言葉を費やす必要もないでしょう。それはグローバルなコミュニティが最上層の社会以外では存在していないという事実に対処する一つの方策です。少数のよく知られた言語のあいだにおいてさえもこうした利便をもたらす翻訳がつねに使われなくてはならず、そこでは翻訳の必要性と翻訳の不可能性とのあいだに生まれるダブルバインドは無きものとされてしまうのです。これについてはまだまだ言い足りないこともありますが、ここではひとまずおいておきましょう。

この場には大学に身を置く人たちが多く集まっておられます。そこでひとつの活動としての翻訳に光を当ててみることを提唱したいと思います。つまり私が述べてきたところの、読むというきわめて親密な行為として、他者の利益のもとに自分の利益を棚上げにする能力として、です。利便ではなく活動としての翻訳、それが目指すのは、作り出されたものに満足してしまうのではなく不満足を生み出すことです。倫理が問われる状況ではある単一の問題に集中すればいいというわけではなく、無条件に様々な問題に直面しなくてはならないことがしばしば起こり得ます。そういった状況では人びとの苦しみや犠牲がとても自分たちの手に負えないほど大きいということを私たちは知っています。ここでも典型的な情動は悔恨や後悔であって、歓喜ではあり得ません。このような悔いが翻訳につきまとう不可能性に付随した不満足と近しい感覚なのです。

昨日の講演でも述べたことですが、どんな言語も影響が大きかろうが小さかろうが、富める者のものであっても貧しい者のものであっても、絶滅の危機に瀕していようが勝ち誇っていようが、子どもという主体のなかにある深層心理の回路を発動させて、倫理というその場の状況に即した活動のなかに子どもを投げ込むことができます。私たちが自分の母語を翻訳するとこの主体と言語との関係がどこかに打ち捨てられてしまうのです。

学問領域として私が重視するのはもちろん、いついかなるときでも比較文学です。そうした信念から私は二〇〇〇年にトロント大学が比較文学プログラムを閉鎖しようとしたときに、その学長に、比較文学こそは「ある文化の健康を守る医療制度と同じだ」と言ったのです。グローバリゼーションという観点からみれば、比較文学は次のように考えます――世界中の子どもたちの大半が理性を獲得する前に共有している最初の言語、その言語の学習体験こそが無条件に要請される倫理を生かす道を準備するのだ、と。

比較文学が理想として試みるのも言語をこのような子どものやり方で学ぶことで、それは大人には不可能な道です。言語の記憶、言語のなかに潜む言語そのものの記憶のなかに分けいり、その歴史を自分自身で単独にしっかりとつかむこと。それにもまたこのような深層に分けいる言語学習が必要となります。そのような深い言語学習を通して初めて、倫理を実践するという見通しと視野が広がるのです。

人文学の未来としての翻訳

一〇月のはじめ、私は北インドのアッサム州で「エスニシティ、アイデンティティ、文学」について論じる学会に出ていました。私は今日ここですでに、この学会で学んだいくつかの考えを使って皆さんにお話してきたことになります。アッサム州とバングラデシュの北部国境地帯では激しい民族紛争が絶えず、アメリカとメキシコ、イスラエルとパレスチナ、その他のよく知られた国境紛争に似た戦いが続いています。私はこの地域の文学を研究するなかで、移民コミュニティの一員であるサイード・アブドル・マリクの『ルパバリール・パラス』という小説を読解しました。

マリクは移民たち、とくに下層階級の移民たちが（皮肉な名称ですが）「ホスト国家」の言語を自らのものとしていく仕方を描写して、それが次の第二世代にとっては第一言語となる過程をも描きます。このこととともに小説の最後には、言語習得をめぐるこのような人びとの努力にもかかわらず人びとには選挙権が与えられない、そのことについての嘆きも刻まれているのです。

私がこの小説を読んで悟ったのは、深層にとどく言語学習という模範がたんに比較文学という制度的な人文学のモデルとなるばかりでなく、こうしたいわゆる不法移民たち、すなわちグローバルな現象として「新たなサバルタン」と私が呼んできた集団が現実にどのような生を生きているかのモデルともなりうるということです。私がここでお話ししてきた、人文学において育てられる感受性によって、このような新しいサバルタンと人文学を専門とする教員や学生との境界もまた不安定なものだということが理解されていくはずだと、私は信じています。サバルタン階級は国家を使えません。民主主義においては人びとが国家をコントロールするはずなのに、です。

アブドル・マリクの小説には、次のような言葉があります。「ただ生き延びることだけを考えて母国を捨てた者たちがアッサムにやってきてここを自分の母にした、自らの言語を忘却しアッサム語を自分の言語とすることによって……。」

私がよく引用する次のような一節でカール・マルクスは、このようなプロセスが革命をもたらす実践でもあることを、マリクほど情緒的な言い方ではありませんが言っています。「同様に、新しい言語を学んだばかりの人は、その言語をふたたび自分の母語に翻訳しなおすのが常である。しかしその人は、新たに習得した言語の精神を受け入れて、自分がもとの言語を思い出すことなく、自らのなかに根を張っていた言語を忘れてしまったときにのみ、新しい言語のなかで自由に生産し動き回ることができるのだ。」（『ルイ・ボナパルトのブリュメール一八日』)
　こうした実践によって、教室で翻訳活動に従事する教員と学生のなかに翻訳の最初のステップが暴力的なものであるという意識が生まれるでしょう。それは言語の肉体を破壊することだからです。そこで破壊されるのは人の感情の奥底に深く巣食っているものです。人が自分の第一言語から翻訳する場合にはそうした暴力の度合いはとくに激しいでしょうが、その場合に限らずあらゆる翻訳にはこうした暴力が避けられません。もし倫理的営みを包括するモデルが記述可能ならば、そのようなモデルとしての翻訳に伴うのは自己の利益を脇においておくことを思い起こさせるということでしょう。あらゆる伝達の努力にはこのような暴力が必要とされることに私たちは思いをいたらせるべきです。
　言い換えれば、黙っていても翻訳が自然に文化交流やグローバルな共同体を作り出すというあやしげな信念を私がこのように疑問視するのは、自分の頭を悩ましている難しい一連のアイデアを説明したいからなのです。困難なことですがこの問題に関してはこれ以外、先に進む道はありません。
　私たちが「あらゆること」を自分の第一言語に翻訳すれば、マルクスが示唆していた境界線を越えるような深い言語学習が保証されるのでしょうか。第一言語を忘れ、一生懸命習得した新しい言語を使用しているというのに？　私にはそう思えません。そしてここにもうひとつダブルバインドがあるのです。私のようにこうして翻訳の力学に従事している人間が、いったいどんな言語なら他者のテクストを効率よく簡潔に自分のものにできるかを考えている。一種の大量翻訳ですね。複数の言語のあいだでの歴史を縦断する通時的な言語事実と、歴史的背景を排除して時代ごとに区切られた共時的な言語事実との争いから導かれてしまうのは、多くの翻訳活動がターゲットとして目指す言語こそが勝利を収める言語であるという悲しい現実です。

私がここで示唆したいのは、他者の言語におけるテクストを大量に商品として獲得しようとする欲望のなかで、利便性を第一に考える翻訳概念が勝利し始め、活動としての翻訳概念は後ろに退いていくということです。もちろん私自身も翻訳者ですから、そのことも相殺して考慮に入れていただく必要があるでしょう。つまり誰もまったくの真空状態で語れるわけではないということ、私が最初に述べた製品マニュアルの翻訳において想定されていることとは大違いだということです。

私は二言語話者で自分の第一言語と英語とをほぼ同等に話します、まったく同じようにとは言えませんが。でも私がこの二つの言語よりもよく知らない言葉であるフランス語から翻訳する営み、とくにきわめて複雑なテクストをフランス語から翻訳した体験が、たぶん私が今日お話ししている問題に関して何事かを教えてくれたのだと思います。

最後に格言めいた言い方でまとめましょう。

翻訳という完成品よりも、むしろ行われつつある翻訳行為こそが、人文学の未来でありますように。私たちはグローバルなコミュニティとなるべきでしょう、私たち一人一人がグローバル化可能な存在となり、政治の流れを遡上して、痕跡の原野のなかで語り続ける言語行為が満ち溢れた島となれるのであれば。「知られざる」言語の痕跡こそは、意味の横溢が機能している場所であることを私たちは知ってはいても、それがどうしてなのかは知りません。教師にして翻訳者である私たちの責務、それが私たちをこの挑戦へと仕向けるのです。完全に翻訳された地球など、私たちが望むべきものではないという認識へと。

3　グローバル化の限界を超える想像力

二〇一二年一一月一四日　大阪大学

大阪大学に来たのは二度目ですが、そのことをとてもうれしく思います。学生の皆様を相手に話をするというのはとりわけうれしいことです。どうか学生のみなさん、私のことを恐れないでください。私もまた怖いと思っているということを、そしてあなたたちにむけて話すことでその恐怖を乗り越えようとしているのだということを、お察しください。まずは、事前にいただいたみなさんの質問にたいする応答で、始めることにしましょう。

大学の「外部」と知識人

第一の質問は、こういうものです。文学は近代西洋の産物である。この点についてどう考えているか?

アジア諸国のすべてにおいて、豊穣な文学の伝統が存在します。文学を一八世紀のヨーロッパに由来するものと見做す批評家たちは間違っているのです。私たちは、「西洋」と呼ばれる曖昧模糊としたものを相手に反対するべきではありません。もしもあなたがみずからの身体を「西洋」という衣服で包み込むなら、あなたは西洋の伝統の布置を変えてしまうのです。西洋は、こと文学に関する場合、広大な世界の一つの部分でしかないのです。文学はけっして「産物」ではありません。それはあなたの想像力を誘うものなのです。

近代の大学は、たいていは中世のヨーロッパと一九世紀後半のアメリカのモデルに依拠するものであるために、私たちが文学を制度的なものとして理解するやり方は文化教育の一部をなしてきたのですが、残念なことにそのほとんどは、女性と下層民には閉ざされていました。文学を高等教育の一部分とみなすことで、私たちは、これらの問題に取り組むことができるようになります。

これは重要な問いでしたが、この質問を提起した学生はさらに、次のように指摘します。韓国には、大学の「外部で」教えるというオルタナティブな実践があり、日本にもそうした運動がある、と。

みなさんもご存知でしょうが、現代の「ティーチ・イン」の伝統は、一九六〇年代のアメリカで始まったものです。私がアイオワ大学で准教授になったのは、一九六五年だったのでこの伝統のうちにありました。私は、大学の構造がもつ利点を活用し、それを改革することのほうが、その利点のすべてを放棄し、私たちは自分たち自身を教えているのだという自己満足に陥るよりもいいと思います。

外で教えているという自己満足は、終わったとき、なんの結果ももたらしません。大学の外で教えるというのは、選択肢にはなりません。「私たちはすごい。大学の外で教えているのだから」というような雰囲気には、教育などはありません。教育は謙虚であることを必要とします。「私は何も知らない。だから私は学ぼうとする」。自己満足とこうした謙虚さは、まったく違うものです。外で教えているという自己満足には自己批判が欠如しています。そして、私たちは世界へと出て行くとき、みずからの身を立てていくためにも、きちんとした学位と修了証書が絶対に必要となります。とりわけ家族を構えはじめるときには。

したがって、大学システムの内部でその構造を学生にとって有意義なものにしようと格闘した四七年を経た今、私がいいたいのは、大学の構造を一方的にただ放置して前へと進むことができるという一九六〇年代の私たちの夢は、英語のスラングでいうところの「リアリティ・チェック」を必要としていたのではなかったか、ということです。

もう一人の質問者は、私は次に何に挑戦するのかと問うています。思うにそれは、次の本の計画は何であるかということを意味しているのでしょう。もしそうであるなら、それはアフリカ系アメリカ人の歴史社会学者であるW・E・B・デュボイスについての本であり、サバルタンを相手とする教育にかんする彼の構想を理解し、それをアイデンティティ・ポリティクスを超えた広範な文脈に位置づけようとすることであるといっておきます。デュボイスは、アフリカ系アメリカ人のために存在したというだけでなく、世界のために存在しているのです。彼をアイデンティティ・ポリティクスを超えたところで文脈化するとはそういうことです。こうすることで私は、一九〇〇年に始まる汎アフリカ主義（アフリカ人によるアフリカの統合を目指した運動）が、植民地主義の終結よりもはるか以前に脱植民地化された未来を展望しようとしはじめた、もっとも国際的な脱植民地的運動であったという事実に注目するようになりました。

これはすばらしい質問でした。そして同じ学生による次の質問は、現代社会における知識人ないしは思想家の役割にかんするものです。

残念ながらこう言わざるをえません。思うに知識人は、政策立案者や指導的な立場にある資本家には、あまり真剣に処遇されていない、と。私は、知識人たちは、結局のところは飾り物として使われているのだと考えています。これは私がいつも経験してきたことです。最初のころは、私もまじめにそうした会合に行きましたが、次第に、決定はすでに行われているのであって、私たちの何人かは、政策立案者や資本家たちが「私たちの会合には、ラディカルな知識人もいます」と述べることができるためにのみそこにいるのだと考えるようになりました。

今日のフォーラムで試されるのは、この状態をいかにして変えるのか、ということです。知識人たちが私たちの世界で真剣に扱われるためにはどうしたらいいのか？　それはあなたたち若者が考えるべき課題であって、私たちのものではありません。私たちの手にはあまる課題です。

民主主義と自己決定

そしてもう一人の質問者からの質問は、脱植民地主義という状況において民主主義をどう定義するのか、さらには、民主主義と自己決定とのあいだの関係はどのようなものか、というものです。

それに対してはこう答えておきます。民主主義は、判断の訓練に基礎をおくものである。そうすれば、あらゆるたぐいのキャンペーンのレトリックには欺かれなくなる、と。民主主義は、多額の資金がつぎ込まれるキャンペーンとは無関係のものです。アメリカで私たちは、「選挙から企業を追放せよ」と言っています。だから民主主義は、判断の訓練に基礎をおく政治の形態です。利害関心にではなく、判断にしたがって投票するのです。これは困難な倫理の政治であることを意味します。自律と他者の権利とのあいだでの綱引きです。社会の上層にいる人々にとっては、知性を自己批判的に検証するという習慣は、基本的な市民権、つまりは言論の自由が存在するということによって、形成されます。民主主義とは、建設的な自己批判によって、表現の自由を抑制することでもあります。

それに対して、社会の下層にいる人々にとって民主主義とは、民主主義的な判断に近いものを、おそらくは一人の学生でさえもが発揮することができるようになると希望を抱くことです。この希望は、あらゆる方面からの抑圧に対して自分の利益を正当化することとも、たんなるリーダーシップとも全く違うものです。

リーダーシップとはどういうことでしょうか。それはつまり、いかにして服従するかを学ぶことです。とりわけ私の住んでいるところ（アメリカ）では、ある種のリーダーシップというものがあり、模範的な人物像に対する熱狂というものがあります。彼らは、いかにして服従するかを学んでいるのです。ただリーダーだけを作り出すというのは、きわめて恐ろしい考え方です。サバルタン階級には、国家を活用することができません。

民主主義においては、民衆はおそらくは国家をコントロールするでしょう。私のささやかで、うまくはいかないが、それでもたゆみなくつづけている活動は、市民権の精神をサバルタンに取り戻させることと呼ぶことができるかもしれません。これはおそらくは沖縄のサバルタン階級の人々にも対応しているでしょう。ちょうどアントニオ・グラムシにとっては、それがサルディーニャの人々に対応していたように。

しかしながら、「サバルタン」という形容詞の有用性は、これが先住民やエスニック・マイノリティに適用されるとき、枯渇してしまうとも強調しておかなくてはなりません。もしも市民権が、民主主義のうちの一側面である自分の利益として、つまりは自立として理解されるならば、この市民権は、民主主義のもう一つの側面である倫理的な教育を欠落させてしまいます。そうなると、市民権は豊かであったり貧しかったりというように、様々に異なる国々の異なる通貨において様々に営まれている貿易によって今日行使されている世界規模の支配力――つまりは金融資本――に対して、無防備になるのだと私たちは主張すべきです。

民主主義のもう一つ側面を、つまりはサバルタンにとって有益な側面を理解しなくてはなりません。さもなくば、教育は、すさまじい国家主義的な競争を煽り立てることになりますが、自分たち自身の言語、社会、文化を正しい規範とみなすといったことは、真に教育を受けた人のすることではありません。

これが私の取り組んでいることですが、それは定義というよりはむしろ、仮説的なものです。たんなる規則というよりはむしろ、経験則です。ここでの話題は、人文学における想像力の役割ですから、ここでは、民主主義が可能にする他の方向からのアプローチは、人文学において、とりわけ文学と哲学において学ぶことの可能なものであると示唆しておきます。つまり、想像力による行動主義です。

テロリズム

これとはまた別の方から投げかけられた質問は、9・11とフクシマを比較することはできるかというものですが、これに対しては、ふつう私は比較をしないといっておきます。もしもテロリズムを捉えるための仮説が必要というのであれば、それは、懲罰として生活を破壊するために立案された、超国家的な集団的行為であるということになりましょう。また、生活を破壊したりあるいは危殆にさらしたりするために立案される、国家によって合法化された行為について考えることもできるでしょう。ですが、私は、テロリズムを比較することよりはむしろ、平和を可能とすることにいっそうの関心があります。私はまた、著述家として、私のような人間がどのようにしてテロリズムと呼ばれるものへと関与しうるかということにも関心があります。

実際、私には、自爆攻撃者を人間として想像しようとすることがあります。これは私には、さして新しいことではありません。偉大なるアフリカ系アメリカ人の活動家であるマーティン・ルーサー・キング・ジュニアもまた、敵を人間として考えよと呼びかけました。私は自爆攻撃者は人間として理解されねばならないと考えようとしました。人間をそうした方向へと誘うのは何か？　ヒューマニストとは、人間を暴力の担い手にするのは何かを理解しようとするものであると私は考えます。

私の人生経験において、かつてテロリズムと呼ばれたものが、今では、私にテロリズムについて質問してくる誰によってもあまり認識されなくなっていると付言しておくべきでしょう。すなわち、帝国主義に抵抗する政治運動によって暴力へと突き進んでしまった無垢な若いベンガル人のことが認識されなくなっているのです。これは『サバルタンは語ることができるか』の主題です。私は、この質問に対しては三〇年前に答えを出したと信じています。ここでは、刊行されたものの一節を引用したいと思います。

ブヴァネーシュワリーはそうした集団に加わっていた。彼女は武装闘争を支持した。だが私は、己れの平和主義が、彼女には殺すことが出来なかったということと共振していると考えたい。最近、ジュディス・バトラーとの公の会話で、パレスチナを前にしてどうやって平和主義者でいることができるのかという聴衆からの問いかけに対し、パレスチナにおける状況にかかわる問題は、政治のせいで倫理的になれないことであると述べたが、そのときは聴衆の誰もが、私が心中で、それは死んだとき一七歳であったブバネーシュワリーから学んだ教訓であると考えていたということを知らなかった。彼女は私の母よりも四歳年上であった。そして、その話をしてくれたのは母であった。母の信仰に、真理要求と記憶といったことに関して、どのような急展開が起こったのか？　娘を相手に語られた母親の話が書くこととどのように関係しているのか？

倫理と想像力

ここで私は、本日のフォーラムの議題に関連して述べておきたいと思います。私の同僚も知ってのとおり、大学教員としての生活のとても早い時期から私は、学会の創設に関与してきました。『ある学問の死』で一九七〇年代に、国際比較文学会の実行委員会委員を、いかにして、何ゆえに辞任したかを述べました。その理由は、その学会が、とりわけアジアの女性から提案がなされるとき、会のあり方を作りなおしていくことに対して柔軟でないと思われたからです。ついでながらいっておきますと、会のあり方を作りなおすということは、ただ脱退したり、外部で教えることよりも意味のある振る舞いであると私には思われます。

ここで私たちは、友好的に互いを批判しつつ、学問的な会合の場を作り出すという同様の課題に一所懸命にかかわっているので、こう言っておきます。倫理とは、単独なものと普遍的なもののあいだの強固な矛盾に関わるものです。倫理は、すべての人間にとって同一のものですが、倫理的なものにかかわる訓練は、人がきわめて特殊で単独な状況にいるところにおいてなされるのであり、この困難な矛盾のなかへと入り込むことで、私たちは倫理を理解するのです。

それはけっして、私的なものと公的なもののあいだの矛盾と同様のものではありません。私的部門と公的部門といったことを、論じているのではありません。言い換えると、公共の倫理は、解決というよりはむしろ問題なのです。さらに、倫理的なものの可能性を前にするとき私は、自分たちがすでにソーシャル・イノベーションの担い手であると想定するよりはむしろ、想像力の訓練をつうじて自分たち自身を変えていくことのほうにいっそうの関心があります。

ここでとっておきの例となるのは、ポリスの有力者たちを前にしたソクラテスです。ソクラテスは彼らに対して己を殺すよう命じたのですが、というのも、ソクラテスには、彼らに受け入れることのできるような社会改革のための計画を提出することなどできなかったからです。ソクラテスは、国家と呼ばれる巨大な馬の後部にまとわりつくアブのようなものでした。

こうしたことが理解されていることを踏まえ、まずは、このフォーラムで課された論題を捉えることに目を向けてみたいとおもいます。そのタイトルには、「グローバル化の限界を超える想像力」とあります。

これに対して私は、超えるという言葉ではなくて、補完という言葉をむしろ使うのがよいのではないかと考えます。何ものかを補完するためには、欠如しているものの姿を、この場合はグローバリゼーションにおいて欠如しているものの正確な姿を知っておかねばなりません。さもなくば、好きなことを言っておけばよい、ということになります。

それは手仕事について言えることです。壊れたドアを修繕するために人を家へと招く場合、彼らは、ただ家に来て、壊れたドアを修繕することについて議論するだけでよいということにはなりません。その人は、壊れたドアにまつわる正確な問題を知らねばならず、そうすることで、うまく取り付けることができるようになります。補完するとは、これと同じくらいに本当に難しいことです。欠如しているものの正確な姿を知らねばなりません。それを知ることは、その詳細についてわからない一般的な言葉のようなものとして知っておく、というのではありません。あなたがそれを知っているとき、その姿に可能なかぎりで適合しているものを使おうとしています。

したがって私が要求したいのは、人文学の教師たちは、大学当局に対し、次のことを確信させるべきである、ということです。すなわち、私たち人文学者が時勢に適合しているようにはみえないからといって私たちのことを無視するのは、彼ら自身に想像できるはずの多くのことを想像できなくなることに帰結する、と。グローバリゼーションを国民国家を経済的に豊かにすることに限定してとらえてしまうのは、こういったことのせいです。

いかに私たちが、ただ経済成長という観点から、熾烈な国家主義的な競争の精神においてどの国が最前線にいるのかを示すべく、とりわけアジア諸国の経済発展を比較するかを思い起こしてみてください。自分たちを豊かにし、国家を豊かにしようといった方針は、ときにトップダウン型の慈善主義へと陥ってしまうのですが、それは倫理を、社会と呼ばれる抽象的な何ものかへの償いとして理解することにしかなりません。すなわち、民衆に清潔な水を供給し、ＨＩＶの脅威を除去し、学校を建設し、教科書のためのお金を与え、コンピューターを寄贈し、医療上のケアを授けるといったことです。トップダウン型の物質的な慈善主義には人文学の訓練はかならずしも必要とされません。

慈善主義に共感しないわけではないですが、そうはいっても私の見解は、それとは若干異なると述べておくべきでしょう。私はかつてこう述べました。「利用可能な情報の量と、それを獲得することのできる速度が増大すればするほど、他者に共感し、私たちのための他の可能性を想像する能力はますます減退していく」。たとえば、医学や軽量化された学問領域では、情報が優位になるということは有意義なことかもしれません。ですが私は、情報の優位と、知ることと学ぶ能力のあいだの関係について、最近の著書で論争的な口調でこう表現しました。そこからは少なくとも、私がどれだけ怒っているかを知ることはできるでしょう。

情報の優位は、知ることと読むことの能力に対して破壊的な影響をおよぼす。したがって私たちは、情報にどう対処したらよいのかを本当のところは知っていない。十分に検証されていない企画が、ただ情報がそこにあるというだけの理由で、存在するようになる。クラウド・ソーシングが、民主主義にとって代るようになる。大学は、国際的な市民社会と呼ばれるものの付属物となる。人文学と想像力に富む社会科学は死滅する(*An Aesthetic Education in the Era of Globalization*, Harvard University Press, 2012, p. 1.)。

国際的な市民社会とはすなわち、前述のように、清潔な水を供給し、HIVの脅威を除去し、学校を建設し、教科書のための資金を提供し、コンピューターを寄贈し、医療を提供するといったことです。

ここで、私が話そうとしていることに戻りましょう。

1　想像するとはどういうことか?

考えることと想像することのあいだには、はっきりとした区分線はありません。大学院を出たレベルで文学理論を研究している方ならば、想像力にかんする込み入った理論に精通しているでしょう。批評家のテリー・イーグルトンは、この点にかんしてノルウェーで私に質問しました。「ところでガヤトリさん、想像力にかんする一八世紀の理論はうまくいかなかったというのはご存知でしょうが、なぜあなたは想像力に興味をもつのですか？」私はテリーに言いました。「私の本を読みなさい」。

私がいつもするのは、仮説をたてて仕事する、というものです。想像するとは、存在しないものを自らに対して現れさせることです。そして実のところ、考えることも広い意味では、同様の営為です。パンのことを考えるとき、それは手で触れることのできる現実の対象としてのパンではなく、心のなかで描き出された何ものかのこと、つまりは、心のなかで言語的に構成されたもののことです。したがって、考えることは想像することと連動しています。わずかでも想像力を行使しない思考など、ありえません。想像力を鍛えるとき、この心の中に深く根ざした能力は、より広大に、よりいっそう柔軟になり、そのことで想像力は、直接の利害や、環境や、背景といったものに閉じ込められないものになります。

2　グローバリゼーションとは何か？　それは、知りそして学ぶ方法をどのようにして変えているのか？

グローバリゼーションは、ある程度は、交換システムを世界規模で打ち立てることであり、国家経済のあいだの障壁を取り除いていくことです。しかしそれは、知りそして学ぶ方法をどのようにして変えているのか？　すでにこのことについては、本日のこのフォーラムの議題を概念化しなおしたときに述べました。さらにこう補足したいと思います。すなわち、グローバリゼーションは、可能なかぎりで厳密にいうとするなら、シリコンチップによって引き起こされる電子化のおかげで可能となる、一日二四時間、週あたり七日間常時とどまることなく続く、資本とデータの電子的な運動である、と。これは時間を国民国家と産業資本主義そのものを超えたところへと移行させますが、それは、トランスナショナルという概念の変容を意味します。

3　文学と哲学はいかにして役に立つのか？

月曜の京都でのワークショップから引用させてください。私たちは道具です。人文学者、教師、翻訳者は、道具なのです。私たちは、地球を世界へと何度も何度も変化させていく道具です。私たちは、アインシュタインが私たちの有用性を述べるものとして打ち出した、初期の発言のことをとくと考えてみるべきでしょう。「テクノロジーが我ら人類の営みと重なってしまう日のことを私は恐れている。そんな日が来れば、世界にはそのうち愚か者しかいなくなるだろう」。

文学と哲学は、伝統的な人文学です。せいぜいのところ、それらは想像力に富み、理性的な行動主義を教えるものです。それらは私たちに、対象を知るために、新しい仕方でそれを構成するよう教示します。

私たちが知るために本当に再考せねばならない対象の一つの最たるものは「私」です。ご存知でしょうが、マルクスは『資本論』の第一巻で、労働者に対し、自分たち自身を違うやり方で構築するための認識論的な変化を遂行せよと呼びかけています。自分たちを資本の犠牲者としてではなく、「生産の担い手」とみなしなさい、と。これが認識論的な変化ですが、つまり、よく知られた対象としての自己が構築されている状態に変化を起こすということです。

想像力の訓練が実行するのはこういうことです。それが私たちに、対象を、新しいやり方で知るために構築することを教えてくれます。私はこの訓練のために、「認識論の営みを啓くこと」という言葉を使ってきました。文学にかんするかぎりでは、この訓練には、読み手が抱く利害をテクストにおいて棚上げにするということが含まれています。つまり、可能なかぎりそこで他者を現れさせる、ということです。哲学においては、哲学的に思考する教師と学生は、一般化することのできる理性的な存在を想像するために訓練します。ワークショップでも述べましたが、ここでの「理性的な」という言葉は、「理にかなって妥当な」という言葉や、「合理的な選択」というとき使われる形容詞である「合理的」という言葉とは区別されています。後者の「合理的な選択」は、政治や経済をめぐる予測によって世界を動かし、私たちの人生を、世界のなかで闘争するか、世界を支配するかの二項対立のなかで展開するものとして記述する言葉です。『ならず者たち』でデリダは、完成されたグローバル性を想像するよりも先に、まずは翻訳することを、世界のすべての言語において、「理性的な」と「理にかなって妥当な」のあいだの違いを検討してみることを、勧めています。

文学と哲学がこのように学ばれるならば、私たちにはアインシュタインの恐れた事態を免れることができるでしょう。

しかし不可避的なことに、グローバルな規模で専門分化が進んでいます。専門性は、標準以下の歴史家や人類学者が、たとえば私のような学際的なやり方で研究している人々を愚か者であると考えることを意味します。というのも、彼らの専門性は、知識のための対象を構成するただひとつだけの方法を教えこむものですが、それはあまりにも強力なために、この場合彼らは、それ以外の他のやり方が無意味であると考えるようになりがちです。

私はしばしば哲学者たちとテレビのライブ番組に出演しますが、私自身は哲学者ではありません。哲学者が私に対して、「私にはわかりません」というとき、実際のところ哲学者が意味しているのは、「あなたは哲学によって学ばれる知性の諸条件を満たしていない」、ということです。つまりそれは、「私は理解しない」ではなくて、「あなたの言っていることは意味をなさない」、ということです。こうしたことが起こるとき私は、その人が自分の専門に囚われていることに気づきます。

したがって、フェミニストの方ならば共感してくれると私は期待しておりますが、私がおこなっているのは、たいていの男性が高く評価してくれる唯一の女性である、「寛大な乳母」の役割をはたすことなのです。母でもなければ娘でもなく、愛人でもなければ妻でもなく、「寛大な乳母」です。それゆえに、哲学者が私に「私にはわかりません」と、「つまりは、あなたの言っていることは意味をなさない」というときには、私は「もう一度やってみなさい」といって応じます。これが専門分化にとらわれることのない学際的な行為です。

もういちど繰り返しましょう。文学と哲学がこのように学ばれるならば、私たちはアインシュタインが恐れていた事態を免れることもできるでしょう。もっとも、不可避的な動きとして、いま世界規模で専門化が進んでいます。そのせいで、こうした類いの役割を無傷なままで保持することができませんでした。とりわけ、視野の狭い今日の大多数の人々の見解を前にするとき、こうした能力は、時代遅れで、不適切で、必要でないものとみなされるでしょう。

私たちは、人文学がその本来のあり方を取り戻すことのできる大学の世界を創りださねばなりません。人文学は、何かを超えるというのではなくて地球を補完することのできる想像力の活動を教え、存在感をとりもどさなくてはなりません。人文学には、ジョージ・ソロスのような巨大な金融資本家を乗り越えることが可能であると誰が信じているのでしょうか？　それは私たちにとって、資金提供してくれるものです。しかし、私たちが何かを補完することのできるものになるためには、私たちが私たちでいることの可能な場所が与えられねばなりません。つまり、人文学は社会にとっての医療行為なのです。それは文化にとっての医療行為です。だからそれを、倫理的な反射行為のための精神の筋肉を鍛えることと比べることができるでしょう。ちょうどジムにいって、他のたぐいの反射行為のための身体の筋肉を鍛える、というように。

4 「世界（world）」と「地球（globe）」を区別することはできるのか?

私たちは地球を世界へと繰り返し転化させていく道具であると述べました。これが、人文学による補完が入り込んでくる地点なのです。文献学的な訓練は、世界には言語が豊かに存在するということを強調しますし、そして哲学することは、合理的な選択をしかるべきところに配置し、一般化することのできる理性的な人間存在を他のやりかたで想像するよう私たちを誘います。読み、翻訳しているとき、私たちはみずからをテクストないしは他者において棚上げすること（suspend）を学び、倫理的な反省を実行するための訓練を受けることになりますが、この反省は、グローバリゼーションの構成要素が申し分なく作動するのに必要とされる画一化とはまったく異なっています。画一化とはつまり、少数の言語がグローバリゼーションのビジネスを管理し、すべてをデータの形式へと還元することです。あらゆるものの統計化です。

私たちが思考し、統治機構を作動させる方法は、思考と政治はシリコンチップの速度では作動しえないという事実により、決定的に制約されています。思考と政治はシリコンチップの速度とは別の速度で動いているのです。したがって私たちは、精神を、認識の営みを啓くために想像力を訓練することによって発展させることを要求する必要があり、そうすることで、世界を動かすという営みは、グローバルなものを動かすという営みと完全に異なっているということを強調できるようになります。すべてがグローバル化可能であり、統計へと変容させることが可能であり、この部屋にいる人間の群れの全体が人間の開発指数の統計へと変容させることが可能であるという事実は、私たちの自己の感覚、世界にいるということの感覚、存在しているということの感覚といったものを完全に否定するものです。すべてはグローバル化可能で、このようにしてすべてがデータへと変容できるということ。これは問題であって、解決ではありません。

私の新たな本は、『グローバリゼーションの時代における美的教育』（二〇一二年）という表題ですが、本当の表題は、「グローバル化されうる（globalizability）時代における美的教育」です。ハーバード大学出版の編集者が、もしこの表題にするのなら、本は売れませんよといいました。私は本を売ることに関心があります。本を書き、教えることで生計を立てているのですから、それでいいと同意しました。ですが、本書の最後の一文で、こう述べています。「本書の全部を読みきった読者には、こう言うべきでしょう。本書の本当の表題は『グローバル化されうる時代における美的教育』である」、と。

私たちは差異を保持し、認めなくてはならず、そうすることで、連関性が増進されていくことを歓迎できるようになります。私はデジタルなものの連関性を好ましく思います、技術嫌いというわけではありません。私たちは差異を認識しなくてはならず、そうすることで、人種と階級とジェンダーの不平等性――民主主義の撤退――を、データの形式の助けを借りて少しずつではあっても突き崩していくことができるようになります。

5 「超越論的」とは何を意味するのか?

それは、私たちには合法的な証拠に基づく説明をおこなうことはできないが、それでも想定せざるを得ない何らかの仮説が存在している、ということを意味します。私たちは、動物を殺し、食べることを厭わないでしょうが、それというのも、動物の死は私たちにとって、人間の死と同様のことを意味しないからです。少なくとも人間の死は、動物の死以上の何かを意味しています。この超越論的な領域を是認することなくしては、人の死を哀悼することができません。というのも、超越論的なものの直観がないならば、死はただ身体の破壊でしかないからです。超越論的なものの直観がないならば、私たちには判断することもできません。

この超越論的なものを信念の領域において保持することは、それを理性的なものにすることです。信念を喚起するのは理性です。それを想像力の領域において保持することは、理性をして、詩や芸術作品の産出に似た活動――これは理性的でもなければ非理性的でもない――がするのと同様の反応を精神において喚起させようとすることです。このことゆえに、もしも自己利害から距離をとりたいと思うのなら、その訓練に対して真に開かれているのは想像力なのです。

質疑応答

（司会）では、ここから、ご来場の皆さまからの質問にもお答えしたいと思います。

質問1　沖縄の文脈を考える上で、ポスト・コロニアリズムよりも、まだコロニアリズムのほうが適切ではないかと私は考えています。スピヴァク先生も最近ポスト・コロニアリズムをお使いになっていないと思いますが、そのあたりをもう少し詳しく教えていただけませんか。

わかりました。アフリカ系アメリカ人のことを論じていたときに述べたことをおぼえていますか？　彼らは未来志向であったということ、すなわち汎アフリカ主義は、植民地主義が終わるよりもはるか以前に、脱植民地化された未来を展望していた、ということを。

彼らが言っていることを活用し、そこから学ぶということが、今取り組んでいる仕事なのですが、先に述べたことを繰り返すならば、こういった未来へと向かおうとする道のりの定義を探し求めるためには、あなた自身が今とらわれている先入見から離脱してみる必要があるということを心がけてください。もちろん、イスラエルとパレスチナも同じく植民地主義です。しかしながら、未来を展望しようとするこころみは、一九世紀の終わりのやり方で戦うときにのみ、起こりうるのです。そのことゆえに、私は汎アフリカ主義に注目するのです。

一九〇〇年という、植民地主義が終わるよりもはるか以前の時点で、C・L・R・ジェイムスやジョージ・バドモアやW・E・B・デュボイス、さらにはエメ・セゼールなど、本当に多くの誠意をもった汎アフリカ主義の人々――彼らはとても若かったのですが――が一緒になり、植民地主義以後のことを考えたのです。そうであるかぎり、「スピヴァク教授、あなたは脱植民地主義のことを論じていますが、残念ながら私たちはまだ植民地主義的状況を生きているのです」と言うことは、活用できる諸々の手立てから自分を切り離してしまうことです。それはいわば、あまりにも大学的な人間のすることです。行動の立脚点となる正しい定義をもたなくてはなりません。これは共産主義の党路線にかかわる問題でした。ラテンアメリカが完全に解放されたのは、すべての共産党が「今は進歩的なブルジョワジーとの橋渡しをするべき時だ」と宣言したからです。私たちは視野の狭い知識人になるべきではないと思います。動く前に、まずは正しい定義を探し求めるべきです。とても有意義な質問でした。というのも、今書いているデゥボイスについての本で、汎アフリカ主義がその当時にあって未来志向であったことを論じるとき、今話したことを詳細に述べるつもりだからです。ありがとうございました。

質問2　インターネットとソーシャル・メディアの台頭によって変容してきた公共圏での知識人の役割における変化についてはどうお考えですか？

政治的な混乱が続くとき、ソーシャル・メディアはきわめて有用であるということは、ご存知でしょう。そうしたことは私たちの皆が認めるところですが、というのも、それはかつては知られなかったやり方で物事を公共化することができるからです。しかしながら、ソーシャル・メディアをそうやって使うのは、すでに政治的に活動したいという意欲をもっている人々であって、一般的には、巨大な群衆の自己利益を正当化するのに使われています。

そうしたことは、ソーシャル・メディアがどれだけ素晴らしいかということの例をいつも裏付けるものとなるべきではありません。というのも、一般的には、ブログなどで達成されていることの水準を検討してみてわかるのは、それが現実の集団性にとってかわろうとするものである、ということだからです。ソーシャル・メディアで友人を得たとしても、それは本当の友人とはいえません。友達という言葉が何か他のことを意味するようになっています。だからそれは薬にもなれば毒にもなる。ソーシャル・メディアが有益なものとして使われるためには、人々がそれを有益なものとするやり方で使うことのできるよう訓練する必要があります。

それゆえに、ソーシャル・メディアが私たちの生活を一方的に導くものとなってはなりません。そのすばらしい使い道が現実のものとなるためには、私たちはそれを選択的に使うべきです。コロンビア大学には、全学部の初年度の学生たちのために開講される「科学の最前線」という名の科目がありますが、そこで学生たちが最初に学ぶのは、インターネットの検索を信頼してはならない、ということです。だから、もう少し付言しておきたいのは、インターネットの検索は何らかのことが必要なときにはとても有益ではありますが――私は、技術を嫌悪しているわけではありません――、同時に、それは学習するに際してはたす偶然性の役割を取り除いてしまう、ということです。つまり、あなたが気づき、何かを学ぶことになるのは、プログラムを作成する側でなされる、プログラム化された決定によって集められた項目が必然的に集積していくところにおいてではなく、突如として現れる、奇妙で必然的でない事柄なのです。

私はこれ以上は説明しません。もしもあなたがこうしたことをご存知ならばそれはそれでいいでしょうし、ご存知でなくても、それでいいのです。別に皆が皆ありとあらゆるジャーゴンを知る必要はないのですが、あなたはインターネットの役割について質問しているのだから、それについて考えてみてください。ご質問ありがとう。とても重要な質問でした。

質問3　東日本大震災についてですが、この震災は三月一一日に起こったことから、一般に

3・11といわれています。私は当初、この震災を3・11と呼ぶことに対して非常に違和感を覚えました。というのは、3・11というと、二〇〇一年に起きた同時多発テロの9・11を連想させるからです。つまり、9・11はあくまでも人災であって、3・11は天災、つまり自然災害で、その二つというのは大きく異なり、同じ文脈の中で語られるべきではないと思ったからです。しかし、震災後、私たちは原発問題に直面し、3・11は人災でもあったのではないか、そして、われわれに恐怖を与えたという点でテロリズムという観点から、9・11とともに考えていく、つまりそれは比較するという意味ではなく、考えていく必要性があるのではないかと思いました。そこで、スピヴァク先生に3・11についてどのようにお考えなのか、そしてまた、どのように考えていけばよいのか、お聞かせいただければと思います。

わかりました。あなたの本当の問いは、次の二つの行動をどのようにして区別するか、というものであると思います。すなわち、そのうちの一つは国家を超えた集合的行為としてのテロリズムの行為です。9・11は、一九一六年のサイクス・ピコ協定(★訳注)へのきわめて長期間にわたる応答ですが、盲目的なテロリズムではなかったと私は信じています。そしてもう一つが、資源の運用や計画といったことがうまくいかないことによって引き起こされる、恐るべき事態のことです。私は、これがあなたの問うているものだと思います。

大学の知識人としては、たしかにそうした比較をすることが必要ではないと個人的には思います。ニューヨーク在住の人間として、9・11テロによる都市への攻撃に激高し、人間が抱く様々に異なる価値観について考えるようになりましたが、私が言おうとしてきたのは、ふたつのひどい出来事を比較して、「みてみなさい、それらは比較可能ですよ」ということではなく、むしろ、目の前に積極的なプログラムを設定することです。

そうはいっても、比較することには、何も悪いことはないとも本当のところは考えています。ですが、それは他の人にやらせておけばいいのです。人生は短いのですから。世界における私自身の役目とは、建設するために何事かをすることですが、私が建設したいのは精神であり、欲望を強制によらずに再構築することであって、上から恩恵をあたえようとする慈善事業ではありません。だから、短期的に考えるならば、状況を改善するにはこうしたたぐいの慈善事業をしなくてはならないでしょうが——つまり、フクシマを改善し、9・11を改善する——、長期的には、そうしたことはよりうまくコントロールされるでしょう。

あなたが関与するのは人間の精神ですが、それはただ問題を解決することによってではなく、問題の解決者を生産するという重要な挑戦です。

質問4　バングラデシュからの留学生です。ガヤトリ先生と私はベンガル語を母語としておりますが、質問したいのは、あなたはご自身の哲学を作り上げていくのにあたって誰に触発されたのか、それともご自身みずからによって作り上げたのか、ということです。もう一つの問いは、先生はインドとバングラデシュの両方で農村の人たちを教育することを含むプロジェクトを展開されていると聞きましたが、バングラデシュでかかわっているプロジェクトのことを教えて下さい。

ありがとうございます。あなたの質問をとてもうれしく思います。ですが、第一の質問は、正確に答えることのできないものだといっておきます。私が誰に触発されたのかは知りません。というのも、私はただ自分にできることをするために動いているのであって、人のものを読んだりするときにも、いかにしてそれらを道具化しないようにするかを考えて読んでいるのです。理論化とは、単にそれを何らかのやりかたで応用し、道具化するということではないのです。

今朝、「あなたはグラムシに触発されて東ベンガルに学校を設立していると聞きました」というメールを受信しましたが、私は笑って返信しました。「いいえ、私は誰にも触発されていません。私はただそこで動き回っているだけです」。それは水の中へと投げ出された子供のようなもので、私は誤りをひたすら重ねています。私はまさに実践の場で教訓を得ようとしています。だから、私が誰に触発されたのかを述べることは、私のするべきことではありません。

学校についてですが、私はバングラデシュでは学校を設立したことはありません。みんなはよくこのことを言うのですが、というのも、何人かの友人と仕事をしていたとき、私はよくバングラデシュに行ったからです。これらの人たちはとても仲の良い友人ですが、私は夏に会っただけなのです。しかしながら、あなたが市民（あるいはNGOに所属する者）でない場合、バングラデシュで学校を建てることはできません。つまり、学校を建てようとする人はおそらく、ヨーロッパかアメリカのNGOです。

私は断じてNGOではなく、昔ながらの社会主義者であり、国家に関心があるのです。だからご存知のとおり、私は今日のNGO愛好家というよりはむしろ、社会主義者ローザ・ルクセンブルクのような人たちに連なるのです。私はNGOよりもずっと安上がりなところで仕事をしており、私のバングラデシュの友人たちもまたNGOの関係者ではないといわねばなりません。

とにかく学校は、選挙民のもっとも大きな層において、民主主義の制度を作ろうとする試みです。これはCNNが「世界でもっとも広大な民主主義」と呼ぶ、土地のない文盲の人々のことです。しかしながら、このことゆえにNGOの課題――学校をつくるといったことですが――は、多少とも馬鹿げたことにおもわれるのですが、私はただそれを、私が実際に教えることのできるところでするのです。それが私の提供する特殊な技能です。それ以上のものでもなければそれ以下のものでもない、私がコロンビア大学で用いている特殊な技能です。私は言語を十分に知らねばなりませんが、それはあなたと私が共有している言語ではありません。というのも、あなたと私は標準的なベンガル語で、イギリス英語やアメリカ英語のように明確に分化しているからです。つまり、西ベンガルという地方語として、他のベンガル語とはまったく異なっているからです。私たちの母語にはものすごく多くの方言があります。いくつかの意味に関しては、その言語をあまりよく知らないなら、子供に教えたり、文盲で土地のない親たちに話しかけることはできません。

こうしたことが三〇年間続いています。私が関心をもつことのすべては、何千年ものあいだ文盲であった人々を相手に高みから語りかけることなしにこうした仕事をするとしたらどうしたらよいかを学ぼうとすることです。政治的な指導者には、票の獲得のために、文盲の人々を相手に高みから語りかけさせておきましょう。

私のやっていることと政治的な指導者のやっていることとは違うことですが、この試みは、今のところはまだ実を結ぶものとはなっていないとはいえ、私は己の過ちから学んでいます。それは、教室での実践をつうじて、こうした矛盾したことがらを教えることができるような教育哲学を発展させるという試みです。そこには、競争原理といったものはありませんが、とはいえ、どうやって階級闘争の問題に取り組むのか？　そこでは、リーダーシップなるものは必要ありません。それは腐敗へと直接につうじるものです。そうではなく、権威を疑問視することが重要です。

こうしたことがらを、ものすごく幼い子どもたちに対しておこなうためには、それも、説教することなしに、親たちが習慣を形成するのを手助けすることでおこなうためには、どうしたらいいのか。習慣を形成するという教育の哲学には、公教育のカリキュラムを教えるということが含まれていますが、というのも、そこにいる人々には、本をどう読んだらよいのかがわからないからです。そうしたところで、新しい教科書をつくり、ただ彼らに教科書を与え、ビデオで記録をとるなどといったNGO的な活動は、まったく意味がありません。

だからある意味で、こうした仕事はコロンビア大学でのそれと同じようなものです。私のみるところ上層階級の子どもたちは、全員スポイルされています。というのも、彼らは何よりもまず、知的労働への権利が否定されていると感じているからで、その理由は、私がやっているこうした社会的ネットワークの形成のすべてが無意味とされていることにあります。にもかかわらず彼らは、ソーシャル・イノベーションの担い手として活動すべきだと感じています。彼らには人々を手助けをする心づもりがあり、私の教室の成績優秀者はある程度は、その点は同じなのです。私の友人である大学総長が、私の定める及第点は高すぎると言ったとき、私は彼にそんなことはないといい、むしろあなたのが低すぎるといいました。そして、私の及第点の基準は成績優秀者であれそうでない者であれいずれにも適用されると言いました。

私は教育の哲学を見出そうとしています。ボトムアップ式に、子どもとともに、思考の習慣について教え、思考することを教えるというだけでなく、彼らの心のありようをトップダウンの方式で作り変えようとしています。将来的には、私は失敗するでしょう。というのも、そうしたことを考えている人はだれであれ失敗するからです。一方には、強大なイデオロギー的権力者がいて、他方には、何千人もの文盲者がいるのですから。

だから、それは勝つかどうかの問題ではありません。農村の学校と、コロンビア大学で教えることは、質的には同じことです。ですが、細かくみればもちろん、そこにはちがいがあります。農村の学校では、私のやることはまずは学ぶ場をつくることで、それができてから建物を建てます。しかも彼らは私から建物を手に入れるのではありません。まずは、彼らは自分たちでできることをおこない、屋根をふき、そしておそらくは地方の行政機関からいくばくかのお金をもらいます。わたしはよく知りませんが、彼らは自分たちでそれをしなくてはなりません。

その学校のうちの一つが、建物を手に入れました。これがあなたに語りたい話なのですが、というのも、私はそれを京都賞を受賞したことと比較したいからです。学校はついこのあいだ建物を獲得しましたが、教えていた女性がとてもすばらしい教師であったために、その学校は学ぶ場として機能していました。私がそれらを運営しているというのではなく、彼らがそれらを運営しています。私はただ、教師と子どもたちを訓練しているだけです。この学校は今や建物を手に入れました。私たちは、せいぜい五〇〇〇ドルを用立てたのですが、そこに存在することになる建物にとってはその金額で十分でした。
それは小さな学校で、一つの教室あたり二二フィート（およそ七メートル）四方で、錫《すず》の屋根と竹の天井がついているのですが、そのおかげで、夏には暑すぎず、冬には寒すぎません。そして、その場所はどこにあるのかといえば、信じて欲しいのですが、それはまさにこの一〇月の終わりに広い土地をもたない文盲者が、彼らの小さな村のなかの、二二フィートをわずかに上回る土地を、私にくれたのです。私は、自分の人生において何かが完全に解きほぐされたと感じました。

私はそこに立ち、彼らがつくった記録文書を見て、彼らの名前をただよみあげていました。というのも、もちろん彼らは文盲だからです。彼らは私と私の小さな財団の秘書であるイギリス人を名前で呼び、表彰し、私たちに土地を、いかなる要求も、なんの強制も強要もないことを十分に自覚して与えてくれました。私はそこにたって考えました。誰もこのことを知らないだろうが、私はこれよりも偉大な賞を受賞したことはありません。私は、私の属する上流のカーストと、いわゆる不可触賤民の現地人のあいだには信頼感がいかんともしがたく欠落しているという、何千年ものあいだつづいた状況を変えたのです。彼らは、学校の建物を立てることのできる一片の土地を私にくれたのです。これは学校を建設し、教科書とコンピューターを与え、写真で記録を残すというのとはぜんぜん違うことだということはおわかりでしょう。

私には現実に精神を変えることには成功していません。つまり、三〇年ものあいだ手仕事で身を立て、知的労働への権利を否定されてきた人々の精神を変えることができていません。変えることはできませんが、それでも、動き続けなくてはなりません。なぜなら、もしかしたら一人くらいの生徒であれば変えることができるかもしれないからです。それができるのは学校なのです。私が次に戻るときには、建物はおそらく完成し、土の床と錫の屋根がそなわっていて、居心地のよいものとなっているでしょう。それらは、国際的な市民社会でなされている試みとはまったく異なります。巨大な市民社会的ネットワークとして形成されている場所はインドにもありますが、そこでは統計以外には何も達成されていませんし、市民社会のネットワークに属する彼らは文盲ではありません。

ですが、文盲でないということはそれ自体では何でもありません。文盲でないかもしれないがそれでも悪い教育のせいでダメになっている人々よりも、文盲の人々を相手とするほうがいいのです。というのもそうした悪い教育のせいでダメになっている人々は、文盲の人々がおそらくは保持してきた内なる知性といったたぐいのものを喪失しているからです。

私は現実の民衆のことを語っているのです。何をもロマン化してはなりません。こんなに長い回答になって申し訳ありませんが、あなたは、わたしがベンガル人として語っているのではないことをご存知でしょう。ベンガル人の仲間と出会えたことをもちろん嬉しいと思ってはいますが、ベンガル人として語っているのではありません。私はアイデンティティにとらわれるような人間ではありません。私がこれらの学校を西ベンガルにつくっているのはただ私が他の言語を知らないからで、英語でさえ、私の母語と同じくらいに上手に話せません。だから私はベンガルで教えざるをえません。ですが、私は二〇〇〇年以来、中国の、ラオスの国境に近いところにいっています。そこには、土でつくられた学校がありましたが、ラオスの中央に学校ができたせいで、閉鎖されてしまいました。

私はあなたと、こうした学校の一つで、ある教師が、社会主義への欲望がいかにして破壊されたかをめぐって書いていることを一緒に共有できる時間があればいいと思います。というのも、今ではこうした学校のほとんどが、ラオスの国境付近には残っていないからです。なぜそうしたことをしたいのか？　なぜなら、わたしは、私自身のアイデンティティ・グループに自分を閉じ込めたくないからです。

（司会）ご質問ありがとうございました。時間がまいりましたので、議論は尽きませんが、ここで終わりにしたいと思います。スピヴァク教授、本日はありがとうございました。

★訳注――サイクス・ピコ協定についてスピヴァクは、「なぜ過去を学ぶのか」（"Why Study the Past?" *Modern Language Quarterly* 73(1), 2012）という論考で次のように論じている。それは、第一次世界大戦の終わりにあって、フランスとロシアとイギリスのあいだで結ばれた協定だが、具体的には、オスマントルコの領土を分割し、西洋の支配・管理下に置こうとする協定であった。しかもこの協定についてアラブ側は戦争の終わりにおいて知ったのであり、アラブの独立を保証した同意は消滅してしまった。スピヴァクはこの事実を、第一次世界大戦は第二次世界大戦とくらべてみるならはるかに人間的な戦争であったというプリーモ・レヴィの見解に対する反論として突きつけている。つまり、アラブを「中東」として規定し、分割・支配をおこなうという西洋の支配の始まりの出来事が、まさしく第一次世界大戦の時にあったという観点から言えば、第一次世界大戦を人間的なものとみなすのはおかしいのではないか、ということだ。

4　国境のない世界

二〇一二年一一月一六日　国際文化会館

（この講演は東京において公益財団法人国際文化会館の主催で行われたものです。同会館の了承のもと本書に収録しました。）

比較主義における私の仕事は文化の政治学における仕事と交差するものです。ときどき講演旅行のためにニューヨークとコルカタというふたつの住所から離れますが、そんなとき私は自らの仕事にたいして抱いている特別の感覚を守るよう心がけます。そして同時にこうした気持ちを抱いているのは私が自分の家に碇を下ろしているからだとあらためて理解をしようと努めてもいるのです。

次の段階は他の場所に碇を下ろすとどのように感じるかを考えてみることです。このような努力のなかで私は異なる場所で「同じ話」をしながら、それがどのように変化するかを検討するのです。こうした講演のひとつが「ナショナリズム」に関するものであり、また「フェミニズム」に関する話もそのひとつです。

今日お話しする「国境のない世界」についての話もそのひとつで、私が最初にこの話をしたのは当時ヨーロッパの文化首都になっていたハンガリーのペシュトです。それからインドに隣接する山岳国家ネパールで話し、その次はアリゾナで、この州はメキシコとの国境線があるので監視とパトロールが常態の場所です。次がクロアチアで、それから昨年の五月にはインドのプネで、そしていま国境紛争が持ち上がっている日本でこの話をしようとしているわけです。

まず、地球について私たちが考える以前に暗黙のグローバルな要素であるジェンダーについて一般論を述べることから始めましょう。もっとも単純な意味で女性の身体は境界を侵されやすいものと見なされています。それが侵されやすいのはおそらく基本において暴力を受けやすいからです。一見侵害されやすい女性の身体の境界を尊重するという善良な人間性を証し、そのことを理解するためには、人はこの境界に敬意を払い、境界が存在しないなどとは考えないほうがいいのではと私には思えます。このような境界を持った身体にたいする尊敬という点で、近道となるのは法を定めることであり、長期的な視野での仕事がここでの私の主題である境界に敬意を払った無境界状態ということになります。無境界であるということは女性にとっても喜びであるはずですし、境界がなくて通過可能であることは男性にとっても喜びとなりうることです。ですから単に境界を尊重するだけでなくそれにしっかりと注意を払うことが、私たちの最初のジェンダーに関わる教えとなるのです。

暴力でさえも欲望と結びつくことが可能です。ですからジェンダーによる差異化の境界において、私たちは計算できないものの領域へと入るのです。

到来すべき境界

ハンガリーのことをお話しましょう。私はヨーロッパの文化首都ペシュトで講演するよう依頼され、この東西の通路にして境界のない町で話すよう頼まれたのでした。ベトナム反戦運動のさなかに一つの力強い歌がありました。ご存じの方もおられるのではないかと思います。フィル・オクスが〝未来派的〟なスタンスで歌った「戦争が終わった」という歌です。私たちにとってこの歌がもたらした契機はとても重要で、なぜなら戦争はその時はまだ終わっていなかったからです。そこから私もハンガリーで境界が無いということを宣言することの大事さを理解しました。私たちはこの町、この国が無境界であることを宣言する、しかしその無境界性はいまだ成らず、おそらく決して実現されることはない。実現不可能であり、果たされていないことなのです。

日本でみなさんが早くも一九四〇年代に「近代の超克」について論じていたように人々は東西の通交について語っていましたし、それは今日のキプロスやトルコにおける状況と似ています。ご存じのようにヨーロッパ人にとってアメリカへの最初の通路が開かれたのは、コロンブスがそれを東西の通路と誤解したからです。ハンガリーの人によれば私にビザが要らないのは、ハンガリーがシェンゲン協定（ヨーロッパにおいて逐一の国境検査なしで通行を認める協定）に加盟している国だからということでした。私がそれで悟ったことは、アメリカに入国するには一般的な主体、中立の人間が再度領土化される必要があるということです。

しかし私はこの旅の途中でパスポートを失くしてしまいました。そのためシェンゲン協定があるにもかかわらず、ハンガリーでは私にビザを支給することはできないと言われました、これから境界のない町と自称する都市に行こうとしていたにもかかわらずです。領事はとても親切でしたけれども彼女が言うには、シェンゲン・ビザを支給できるのはデンマークに居住資格のあるハンガリー市民だけなのだ、と。デンマークも私にビザを出すことができない。私がパスポートを失くしたからです。インド人である私は何もすることができない。これから境界のない町に行こうとしていて近くまで来ているのに、私は動くことができないのです。

私は自分に言い聞かせました。これはあの歌が戦争に反対するために戦争が終わったと宣言したのと同じだ、と。私たちは無境界性を宣言し続けなくてはならない。そしてこれはデリダが言っていたことでもあるのです。すなわち、たとえある事柄を実現するためには膨大なシステムの変革が必要であることはもちろんわかっていたとしても、いつどんな歴史の瞬間においても「やがて到来すべきこと」という様態でそのことについて考えておくことが望ましいのだ、と。デリダは無境界性をまるで真実であるかのようには宣言しないでしょうが、人びとの注目を集める一つの営みとしては宣言するかもしれない。ちょうど歌手のフィル・オクスがそうしたように。彼の言う「未来派的」という表現は、「やがて到来すべきこと」を先取りするテキサス生まれの若者風に言い換えたものなのではないでしょうか。

アメリカ、メキシコ

私が次に講演をしたのはアリゾナで、そこでは不法滞在のメキシコ移民問題を抱えているがゆえに、国境の町において国家内に警察国家があるということになってしまっています。私はそこでも学びました。そして根底からの反ナショナリストであるメキシコの知識人カルロス・モンシバイスと精神的な連帯を結びました。彼は批判的地域主義における私の同志として、無境界性の空約束よりもずっと政治的に応答責任を担っている立ち位置にあります。

私はニューヨーク市のワシントン・ハイツに住んでいますが、そこはドミニカ人が多く住み、スパニッシュ・ハーレムの西の端、ラテン都市のラテン地とも言うべきところです。ですからアリゾナ大学のジャヴィエル・デュランが私をモンシバイスに紹介してくれて、モンシバイス奨学金の創設に当たって私に話をするようにと依頼されたことは、とても名誉なことに感じたのでした。

私自身は少なくとも一九九四年以来つねに、ジェンダー化されたサバルタンの問題に焦点を合わせてきました。その年、国連が国際人口開発会議でNGOに門戸を開き、そのときから女性たち、特に貧しい女性たちをその子宮にのみ貶めてしまうことに対して闘いが続いてきました。アメリカにおいて移民労働に従事するジェンダー化されたサバルタンは、子どもをつくることだけが得意な人の亜種のように見なされています。まるで自分の身体を子どもを産む機械にすることで、彼女たちは境界を無くすことができるのだとでもいうように。

こうした状況を背景として、「カント・ヴィヴァ、生きている歌」が想像するような階級やジェンダーによって差異化されない未来の主体を考えることができるかもしれません。これはAPELCOというラテンアメリカの政治意識の高い芸術家たちの団体の活動の一部で、彼ら彼女らはラテンアメリカの多くの国から共に声を挙げています。この芸術家集団は、次世代の子どもたちがジェンダーと無縁であることによって境界のない社会的に公正な時代が築かれるだろうと未来を見越してきました。もしこれら想像上の子どもたちがこういったユートピアを見つけようとするなら、すでに境界のない世界というものが自由に資本の流通する世界として実現していることを見いだすことでしょう。

私たちの周囲にある財政危機なるものは、なんらの制限も受けない金融資本が国境を越えて自在に動くことによって、幾何級数的にその量を増やしてしまった結果、保険つきの債券を無制限に売ったリスクを国際資本が統御できなくなったことから生じています。こういった資本は国境を横断することでかえって国境を強化するのです。なぜならもし国民国家に依拠し、かつG20に代表される北の富裕な国家と南の貧しい国々とに分断された諸通貨のあいだに何の違いもないとしたなら、たとえばジョージ・ソロスがしているような通貨投機は栄えないでしょうし、デリバティブとか金融先物取引とか実体のない世界貿易とかもあり得ないことになるからです。こうした虚の電子的分断が伝統的な国境に付け加えられることで、資本がデジタル技術によって無国境とされた世界を旅することができているのです。

無境界性は無境界であるために何らかの境界を必要とする。このような現実の営みにおける矛盾のただなかに、移民をめぐるあらゆる問題が位置づけられています。資本は不安定な労働条件で福祉施設を欠いた大量の低賃金労働を手放すことができない。そして人種と性別による差別が移民労働を他の場所へと移送していくのです。資本は労働というソフトな通貨を必要とする。だから労働は境界というよりは辺境を姿を隠して越え、金銭というハードな通貨が招くところならどこへでも移動するのです。

それでも私たちは抗いながら無条件の歓待がある国境なき世界、つねに来たるべき無境界世界を想像しなくてはなりません。

ネパール、インド

次の場所はネパール、巨大なインドとの国境に接した小さな内陸の山岳国家です。これが私にとってのフィールドワークであることをご理解いただけるでしょう、知識人の仕事は語り手の地政的位置によって変わるのですから。

宣言されたことに疑問符をつけるのが想像力に課された責務です。認識という営みをより良く行うための想像力の訓練で焦点を合わせるのは、即座に解決しなくてはならないように思える問題に立ち向かう人たちがしばしば見過ごしてしまう細部です。細部に注目しない革命はけっして長続きしないし発展もしません。これがとくに重要なのは、どんな薬もそれを使う人や集団がいつどれだけどのように使用するかを知る訓練を受けていなければ毒になってしまうからです。想像力を鍛えること、それだけが革命を長続きさせる。想像力は高見からの政治的処方ではなくミクロな実践にこだわるのです。

このことが明らかになるのはいわゆる企業の社会的責任が問われるときでしょう。特定の私企業が社会的責任を果たしているとかいないとかとメディアで騒がれることがありますね。しかし今日の私企業は境界を越える資本の営みという矛盾に囚われているので、それが国家と国民の利益のために、あるいは世界の利益のために自らの財政的経済的資産を用いることは不可能です。

同じように平和を求めて働いている私たちは、暴力がもし政体に変化をもたらし境界を確保するために用いられるならば、新しくできた国家を破壊する毒に侵された習慣を生んでしまうことを知っています。だからこそ他者の言語を苦労して学ぶことが大事なのです。

こうした訓練はまた他の種類の文化的教育によってももたらされるでしょうが、それはしばしばジェンダーや階級によって歪められています。言ってみれば女と召使いだけが他者のことを考えねばならず、主人とその子どもたちは自分のことだけ考えていればよい、ということです。文学を読むことがうまくいけばこういった状況を壊すことが可能でしょう。境界のない世界という問題における問いの一つがここにあります——もっとも広い意味での教育は国家主義を育てるのか、それとも境界なき資本の運動における矛盾を抑える地域主義を育むのでしょうか?

私たちがどんな計画をたてても、未来は独自の仕方で対処するでしょう。私たちは計画するとき未来に余裕を持たせなくてはならない。この余裕のことを「すでに存在する未来(future anterior)」と呼びましょう。そしてこれにも疑問符が伴います。「すでに存在する未来」とは疑問符付きの未来なのです。

さて、この捕らえづらい「すでに存在する未来」という視点から、人々のあいだに正義への意志を浸透させないかぎり境界なき世界もなく、富んだ国と貧しい国とのあいだの大小の権力闘争も終わることがないということを私たちは肝に命じるべきでしょう。人々の幸せにつながる無境界性について考えることはいかなる場合も教育に留意しなくてはなりません。主にそれは高等教育以上のレベルで行われるべきで、資本主義的なグローバリゼーションと国民国家との結びつきを解きほぐそうとするとき特に重要となります。このように複雑で緊急の仕事が山積しているのですから、教育に配慮するなどというのは不可能にも思えるかもしれません。しかし繰り返しておかなくてはなりません。こうした配慮なしに政治的に勝利したあとで正義が実現する展望はありません。そのことは革命後や植民地独立後の多くの社会の実例が示しているとおりでしょう。

辛抱強く絶え間ない教育のシステムがなければ人々の心は涵養されず、強靱な知性という資源がなければ私たちは洗脳されてしまうだけです。この仕事は膨大な構造的変革を必要とします。私の考えでは、そのような変革を試みるには、国家間の競争を脇に置いて私たちを覆っているグローバルな状況を直視し、そうしたグローバル性が達成可能なものと考えるのではなく、それをいまだに成し遂げられていない遂行可能な仕事として考えることが重要です。疑問符を伴う執拗な努力、勝利することが許されない持続、これです。

とすれば国境とはなんでしょう？　もちろんそれは国民国家の外縁となる地理的境界としてしばしば闘争の焦点となります。さらに階級やジェンダー、カースト、健康、教育、福利厚生、そして単純な肉体労働というよりも知的労働にたいする権利によって左右される内的な国境がいわゆる国民国家内部にもあります。ここで私がどこから来たか、どんな夢を見ているのかについて皆さんに述べさせていただき、天皇と民主主義が共存するこの美しく力強い島国にいながら考えた島々に関するいくらかの随想でもって終わりたいと思います。では一つずつ、まずは私がどこからやってきたのかについて。

一九九二年、アパルトヘイトの終焉後はじめてのT・B・デヴィ記念講演をケープ・タウン大学でするよう依頼された私は、その話のなかでヨーロッパの啓蒙主義を「下から」使うことを習うべきだと示唆しました。これは「肯定的なサボタージュ」とも呼ぶべき営みで、ある道具に習熟することでそれを本来の目的とは違った仕方で使うことです。このような方法によって私たちは問題を「上から」解決するのではなく、問題解決者を生産しようとするのです。

国境に囲まれた小国ネパールから私はインドへと移動し、ピューン大学で英文学の学生相手に講演しました。英文学という組織化された学問をかつての英国植民地の内側から肯定的にサボタージュする、それが私たちの試みなのです。

インドという国家は英語を公用語の一つとすることである無境界国家を作っていると

言ってもいいのですが、特権のない階級にとってはさまざまな境界があります。

インド人として、そしてベンガル人としての私の幼年時代は境界によって傷を負った時代でした。インドとパキスタンとの「分断」がそれです。二〇〇〇年に私はバングラデシュとインドとのあいだのトバ・テク・シンハを徒歩で越えてその国境をこの目で見たことがあります。バングラデシュ側から国境を渡ると、茶色で乱暴に塗られた木片に黄色のペンキで「バーラト（Bharat）」というベンガル文字が書かれており、インド側に越えてから振り返ると今度は陽に灼けた青い標識が「バングラデシュにようこそ」と宣言していました。

インドの国境検問所を通るとき、あまり教育のなさそうな国境検査官たちがビザを見せるよう要求しました、私が自分の国に入るのにです。バングラデシュとインドの国境にあるダルシャナ・ゲデイの検問所を越えてシールダ行きの三等車しかない列車に乗るのは、バングラデシュから来た下層階級だけなのです。これは階級の境界と言えるでしょう。

これは比較的穏やかな階級間の境界の例です。自分が仕事をしている州で三〇年近くも目撃してきた教育における階級アパルトヘイトがインドのあらゆる州で繰り返されないことを望むばかりです。この階級アパルトヘイトは千年にもおよぶカーストの境界による排除であって、インドの恥のひとつです。こうしたすべてはもちろん私たちだけでなく人類共通のジェンダーの境界によって複雑なものとなっています。まさにカーストの境界は人種も階級もジェンダーも横断するのです。

つまり私たちは多くの内的境界とともに生きています、インドでも世界のどこでも。そのような境界はあらゆる文明、あらゆる歴史それぞれで異なっています。こうした境界が私たちの毎日の生活を彩り、歴史という大きな物語のなかでも機能しています。ここで付け加えておけば、きのう京都賞関係で最後に受けた新聞社の楽しいインタビューのなかで一番良かったのは、日本の記者から日本における知的植民地主義について聞かれたときでした——まさに自己批評ですね。

無条件に歓待される無境界世界

インドとパキスタンとの「分断」の余波を経験していたとき、私はまだアフリカのことを考えることができるほど大きくありませんでした。アフリカでは空間原則を侵害した恣意的に引かれた国境によって無境界性が不可能となってしまったわけですが、この事実は私たちの議論を異なる方向へと導きます。子どものころ私たちはネルー（インド初代首相）と周恩来が握手したのを見て国境を越えた友情というものを経験したのですが、それも英国によって設定されたインドと中国間のマクマホンラインが紛争を起こすことになって雲散霧消してしまいました。そのころ私はインドを去ったばかりで、遠くから戦争のニュースを聞きながら、国境などというものはフィクションで地球には自然の境界を除けば何の印もついていないのだという思いを抱き始めたことを覚えています。こんにちパレスチナやカシミールを眺めると、歴史がいかにこうした当たり前の感覚を歪めてしまったかを痛感します。

であるからこそあらゆる事実に逆らって、私たちフィクションから学ぶ者たちはすべてが無条件に歓待される無境界世界を考えなくてはならないのです。

なぜそうしなくてはならないのか？　私は以前、それは人間が生まれつき倫理的な存在だからと考えていました。あるいは少なくとも、人は子どものとき最初の言語を学ぶと倫理的な記号体系を発達させるのだ、と。私は今でもある程度はこのことを信じてはいますが、倫理への衝動が可能となるためにはあらゆる動物の生を動かしている自己生存本能から距離を置くことが肝要だと考えています。

ここにおいてこそ文学教育が大きな助けになります、なぜなら文学を教える教師は想像力に直に働きかけるからです。想像力を鍛える訓練の助けがあってこそ私たちは自らの認識という営みを変えることができる――言い換えれば、私たちは知る対象をどのように構築するかの仕方を変えることができる。そして想像力を働かせることで、テクストのなかで起きている言語にたいする私たち自身の利益や関心をいったん棚上げにするのです。テクストとは他者の痕跡としての声であって、テクストを生産したと想像される者の声です。ここで私が痕跡、テクスト、声といった単語を使うのは、想像力が有効なのはこんにち私たちが文学として認識しているものに限られないからです。

こうした要素によってこそ想像力は自己の利害関心の外に出ることができるのですが、そうした要素は過去のいにしえの文明において様々な形や姿で存在しています。こんにち無境界世界を考えるにあたって、私たちはもっとも広い意味での文学的訓練を通して想像力を使わなくてはなりませんし、そこでいう文学には映画やヴィデオ、ハイパーテクストも含まれるでしょう。もっとも広い意味での読解の習得、ということです。

この五月に私はインドで大学の英文科に滞在していましたが、インドにおける英文学教育の伝統はとても根強いものがあります。その理由は繰り返すまでもないでしょう。残念なことに物質的な理由で英語への関心があまりに高いためにインドの地域言語への関心や研究の生産と消費の減少、さらには質の低下が言われてきました。一方で過去数世紀にわたって築き上げられてきた英文学研究の遺産を軽視すべきではありませんし、英語が重視されすぎているからと言ってこうした財産を放り投げてはならないと思います。現実の解決策は、こんにちのグローバルな英語文学の精華を投げ捨ててしまうのではなく、インドの諸言語における比較文学を応援する方法を見つけ出すことにあります。この目的に沿って英語を肯定的にサボタージュするには、言語的境界を保ちながらその不可侵性ではなく交差地点としての特性を強調することで、ある種の無境界性を促進することです。

グローバリゼーションの犠牲者という位置から、私が提唱するのはある種の無境界的なインド人の可能性、矛盾を身に引き受けながら境界に留意し、境界が蒙を啓かれた比較文学のまさに地盤であって英語がその媒介にとどまる、そんな状態です。これこそ金融資本のイデオロギーから構造を借り受けて毒を薬として使うのを学ぶことではないでしょうか。インド諸言語の比較文学とは境界を保ちながら無境界であること——それこそ借りては貸すことを繰り返すという金融資本の有機的構造によって作りだされる闘い、何度も貸借を繰り返してそのたびに通貨の境界を横断しながら資本を成長させていく、そんな闘争のさなかで有機的知識人であり続けることなのです。

他方でインドのように言語が豊かな国では他の種類の無境界性も可能です。それは私たちがいま持っている英語の無境界性にとどまらず境界を保つ無境界性であって、それはとても単純な心の働きによってユートピア的にならない方法として私が示唆してきたものです。私が今日の話で試みてきたのは、皆さん方が私の話に触発されてそれを補うようにして、計算不可能なものを引き出してくださることなのですから。

島と国家

一つの夢をお話ししましょう、今ここでオセアニアにある多くの島のひとつであるあなた方の島へと送られてきた私が、計算できないもののしるしである私の島の夢を語るのです。私たちはみな島の人間です。私はユーラシアという島からやってきました。そしてジャック・D・フォーブスが大カリブ諸島と呼んだアメリカ島に私は五〇年間住んでいます。これらはみな大きな島ですね。

二〇〇一年に私は一学期をハワイ大学で教えて過ごし、オセアニアという発想に魅惑されました、恋に陥るように。そのときから私は「ヨーロッパ」も「アメリカ」も自らをひとつの島として考えられなくなってしまったのだと思うようになりました。だからこそこれらの国々は世界の現実から遊離してしまっている。「だれもひとつの島ではない」というだけではなく、私たちすべてが島人なのだ、それが現実なのです。

二〇〇四年にカリブ出身の作家マリーズ・コンデがグアドループ島でインドの年季奉公労働者の子孫たちに話をするよう私を招いてくれました。私はそこでこの人たちにインドの詩人ラビンドラナス・タゴールが作った島の夢の歌をうたって、いかに私たち本土の大きな島に住む人間が島の幻想のなかで彼ら彼女らの生活の現実から遠く離れてしまったかの例を示しました。インドは自分を島と考えることができない、ある島の一角に過ぎないことを忘れてしまったからです。

こうして私は考え始めたのです、凡百のナショナリズムよりも古い国家という発想は「同じ場所に生まれた」という考え方と同様、人が島という広大な異種混交性を遠ざけるために編み出した、生殖を第一義とする強制的な異性愛体制なのではないか、そしてそれは私たち自身が島であるという性質とつねにダブルバインドの関係にあるのではないか、と。歴史とはこのような空間をめぐる不可能な真実を否定することで閉じているのです。

私はいまオセアニアを異種混交性の場と考えています、世界が島であることのモデルとして、大陸性を超えた島の意識を育むことへの誘いとして。本土などというものはないのです。

もし私たちが島の意識を育むのなら、地球が単一の経験によってはいまだに測り知れない海に浮かんだ島々の集まりであることを知り、島世界の異種混交性に忍耐と連帯をもって少しずついっぺんにではなく近づくのなら、それこそがもしかしたら、世界という海に浮かんでいるグローバリゼーションの偽の約束をもたらす陸に閉じられた競技場が、なぜこれほどまでに不平等な場所であるのかを悟る方法なのかもしれません。詩が国境のない世界へと近づくためにもっとも有効な手段であるように。

解説

ガヤトリ・C・スピヴァクは、二〇一二年に京都賞思想・芸術部門を受賞した。そして同年一一月一一日から一六日にかけて、以下の講演とワークショップをおこなった。

1　京都賞受賞記念講演「いくつもの声」（一一月一一日　国立京都国際会館）
2　ワークショップ「翻訳という問題をめぐる断片的思索」（一一月一二日　国立京都国際会館）
3　学生フォーラム「グローバル化の限界を超える想像力　未来共生に向けて何を「学び」、何を「教える」のか」（一一月一四日　大阪大学）
4　講演「ボーダーレス世界における人文学の役割」（一一月一六日　国際文化会館）

本書は、これらをもとにした論集である。1、2、4はそれぞれ、読み上げ原稿をもとにして訳出し、3は、読み上げ原稿とテープ起こしを再構成したものをもとにして訳出した。なお、1、2、4の訳は本橋が、3の訳は篠原が、それぞれ担当した。

本書を通読してみて思うのは、スピヴァクは、現代において人文学を学ぶことの意義を私たちに伝えようとしていたのではなかったか、ということである。受賞記念講演で彼女は、「人文学を真摯に研究することによって、人智を超えたものへの直観を得る練習となる」と述べているが、現代においては、この「人智を超えたものへの直観」がとりわけ要求されるということを、一貫して語りかけていたのではなかったか。スピヴァク、といわれたとき私たちは、「サバルタン」や「デリダの翻訳者」や「ポスト・コロニアリズム」といった言葉を参照して考えてしまいがちだが、本書を読むことで私たちは、彼女がこれまでにやってきたことの根底にあったのは「人文学」そして「教育」への情熱であったということを、あらためて学び直すことができるのではないか。

グローバル化の進行にともない、大学や出版という「知」にかかわる領域も、ここ一〇年ほどで激変した。そこでなおも、人文学を学ばなくてはならないとしたら、それを何ゆえに学ばなくてはならないのか、どのようにして学ばなくてはならないのかといった問いをスピヴァクは投げかけ、そのうえで、倫理、民主主義、教育、想像力といった主題について、徹底的に考えることが重要であると説いている。

それはおそらく、スピヴァクが来日したまさにこの年に、『グローバリゼーションの時代における美的教育』（*An Aesthetic Education in the Era of Globalization*, Harvard University Press, 2012）が刊行されたということと無関係ではない。

大阪大学にて

そこで彼女は、グローバリゼーションは資本とデータにおいてのみ起こっていること、情報の命令が、知り、読むという能力をダメにしていること、クラウド・ソーシングが民主主義にとってかわり、人文学と想像的な社会科学が霞を食っているというようにして現状を捉え、必要とされるのは、ヨーロッパの啓蒙の伝統の一つである「美学」を生産的なやりかたで解きほぐす（undoing）ことだと述べている。

それは、グローバリゼーションのもとで追求されている

「持続可能性」——最大限の結果を達成するために、最小限のことをする——に対し、人文学の側から「持続可能性」の概念を提示し返すことでもある。すなわち、「想像力の訓練を最大化し、グローバリゼーションの、精神を麻痺させる画一化作用を最小化する」ものとしての人文学版の持続可能性を実現しようとすることだが、彼女のみるところ、アメリカで進む大学の企業化のもとで人文学の領域は縮小されていく状況にある。

にもかかわらずスピヴァクは、この本の序文で、グレゴリー・ベイトソンの「ダブル・バインド」にかんする考察や、グラムシのマルクス読解などの検討をつうじて、想像力の訓練、美的教育、民主主義、倫理的なものについての考察を進めていくが、そうした思考が、本書におさめられた一連の講演の底流にあると考えることができるだろう。

とはいえ、民主主義を教えることや倫理的なものへのスピヴァクの関心は、もちろん、グローバリゼーションが本格化していく情勢に促されることで生じただけのものではない。本書の「いくつもの声」を読むことでわかることの一つは、スピヴァクの考えの基礎にある倫理的なもの、つまりは「倫理に応答しようとする」能力としての倫理的なものが、彼女の両親に育てられる過程で身につけられたものであり、西ベンガルで農村学校を建設していくさなか、さまざまな人と出会う過程で深められていったものである、ということだ。

そしてもうひとつ、本書を読むことで気付かされるのは、スピヴァクは、倫理に応答しようとするこの能力を養うための人文学の重要性を、現代という時代状況の渦中で、考えなおそうとしている、ということである。つまり、幼少期から現代にかけて、スピヴァクの生きる場所も、時代状況も相当に変化したと思われるのだが、その変化に応じて、倫理を、そして人文学の意義を、新たに考えなおそうとしている。それは、「インターネットによる検索エンジンの機能」の発達という、おそらくは人間の思考方法を着実に変化させているテクノロジーの変化に対し、人文学の意義を、頭脳と心を「遅い速度で訓練」するものとして捉え直しているところにみられる。

「ワークショップ講演」と「学生フォーラム」では、「テクノロジーが我ら人類の営みと重なってしまう日のことを私は恐れている。そんな日が来れば、世界にはそのうち愚か者しかいなくなるだろう」というアインシュタインの言葉が引用されていることからも明らかなように、スピヴァクは、テクノロジーの人間世界への浸透が過度なまでに進行する事態を危惧している。インターネットが思考に及ぼす影響は、その一例だろう。ちなみにスピヴァクは、「学生フォーラム」の質疑応答で、「なぜ過去を学ぶのか」（"Why Study the Past?" *Modern Language Quarterly* 73（1）, 2012）という論考に言及し、インターネットのことについてはこの論考中で論じたと述べていた。

そこでスピヴァクは、デジタルなものを、人間の無意識についてこれまでなされた考察——マルクスのイデオロギー論とフロイトの無意識の理論——を参照することで捉えようと試みている。デジタルなものという機械状のものは、集合的な発話行為や欲望を組織化していくものとして捉えることができるだろうが、そういった機械状のものによる組織化は、じつはマルクスやフロイトが考えていたことではなかったか、というわけだ。そのうえでスピヴァクは、彼らがじつは人間の理性を重視していたこと、人間の理性の脆さを守ろうとしていたことを主張する。彼らは、「理にかなって妥当なこと」（reasonableness）と「理性」（reason）を区別しようとしていた。だが、シリコンチップが優勢になる現代においては、理論化という営みがプログラミングという営みへと収斂し、ウェブページへのアクセスをつうじた「同時性」（contemporaneity）への簡便なアクセスが現在を知るための一般的な方法となっていく。

つまりスピヴァクは、知り、学ぶという能力の危機を、シリコンチップとデジタル化というテクノロジーの発展という状況において捉えようとしている。情報科学の発展という、現代の最先端の課題に対する知的介入を試みている、ということである。

さらに、本書で述べられていることでもっとも重要と思われるのは、スピヴァクが一貫して民主主義の意義を説いていたということだろう。彼女にとって民主主義は、教育と深く結びついている。つまり、貧しさゆえに民主主義とはどういうものかがわからない人々に対してそれが何かを教えるという実践と深く結びついている。貧しい人々に対し、民主主義がどのようなものかを教えるというのは、スピヴァクにとって、きわめて困難な実践である。

というのも、彼女のみるところ、上流カーストに属する自分と彼ら貧しい人々のあいだには、越えがたい溝があるからだ。一人一票という権利が保障されている点では、己と彼らは平等だが、平等は、「同じである」ということを意味しない。この「同じではない」ということを基本的条件としたうえで、貧しい人々に対し、「正しく投票できるよう民主主義的な思考の癖をつけようとする」ことが、スピヴァクにとっての民主主義の実践である。「ひとりでも何らかの民主主義的な判断に近いものができるようになれば、そこに希望が生まれる」とスピヴァクは述べている。

スピヴァクが、このような判断のための訓練としての教育が必要であると考えようとしていたことは、「サバルタンの代わりに語ろうとする（サバルタンを代弁する）知識人に対する批判」とは区別して考えておくべきだろう。スピヴァクにとって、こうした知識人に対する批判はあくまでも二義的なことであり、本当のところ彼女が重視したのは、社会の下層にいる人々が自力で民主主義的な判断力を行うことができるようになるための教育であったことを、ここで強調しておきたい。なお、西ベンガル州に学校を建設するという、スピヴァクが長らく携わってきた営みは、まさにこの民主主義の実践であるが、そこで彼女が経験した感動的なエピソードについては、「学生フォーラム」での質疑応答で述べられている。

もちろん、人文学や民主主義以外にも、スピヴァクは多くのことを論じている。開発主義、市民社会、グローバリゼーションといった社会科学的な主題だけでなく、超越論的なもの、理性的なもの、翻訳、哲学と文学など、抽象的な主題についても独自の考察をおこなっている。読者の皆様が各々の関心にしたがい読むならば、以上の解説で書かれたこととは全く違うメッセージを、それぞれに引き出すことができるだろう。

ただし、本書を読むにあたっては、ここでいわれていることが現代においてどのような意義を持つのかということを、考えておく必要がある。とくに「学生フォーラム」において顕著だが、スピヴァクの議論は、時代状況への批判的介入として行われている。それゆえに私たちは、私たちがそもそもどのような時代を生きているからこうした議論が行われているのかを問うという、能動的な読書の営みを欠落させてはならない。そうでないと、いったい彼女が何をいいたいのか、よくわからなくなってしまう。以下では、そうした読み方の一例を、解説者の関心から提示してみたい。

まず、スピヴァクは現代を、グローバリゼーションの時代と考えている。それは当然といえば当然のことだが、彼女の場合、それをただ国境の壁の消滅や、人、商品、貨幣の移動の自由化と捉えるだけではない。繰り返しになるが、彼女はグローバリゼーションのもとで進行する情報革命を、知り、学ぶという、人文学の根幹にあるべき能力の破壊を引き起こすものとして、批判的に捉えている。重要なのは、グローバリゼーションの乗り越えではなく、そこで欠落しているものの姿を正確に捉えることであり、そのうえで、その欠落を補うことである、というわけだ。

グローバリゼーションのもとで欠落していることとは、どのようなことだろうか。それはたとえば、グローバリゼーションのもとで形成されている「知」のあり方に関わることとして、考えることもできるだろう。スピヴァクは、その特質の最たることとして、「データへの還元」をあげている。データへの還元は、効率性の優先と結びついているといえるだろうが、ではいったい、データ、効率性の優位において、何が欠落するのだろうか。

たとえば、経済学者の宇沢弘文はかつて、ベトナム戦争の中心的な遂行者だったロバート・マクナマラが、何ゆえにベトナム戦争に対する批判が起こるのか理解できないと述べたことに、近代経済学の限界性が明瞭に現れていると述べていた。つまり、マクナマラは、ベトナム戦争はインフレも増税も起こさなかったという点で、非常に効率的かつ合理的に遂行されたのだから批判されるものではないと考えたのだが、宇沢は、そこで見落とされているのが、公正や平等性、正義といった価値観であると喝破する。スピヴァクのいう、グローバリゼーションにおける欠落は、こうした正義や公正、平等性という価値観への問いであり、そうしたことを問うためにも、人文学的な想像力、思考が要請されるということだろう。

そしてスピヴァクが民主主義の意味内容を問い直そうとしていることも、やはり、現代世界の大きな流れと連動していることとして、考えることができるだろう。朝日新聞でのインタヴュー記事でスピヴァクは、二〇一一年に起こったウォール・ストリート占拠運動について言及しているが、この出来事については、現代において民主主義をどのようなものと考えるのかが問われているということを象徴するものとして、多くのことが語られている。その一例として、スラヴォイ・ジジェクの議論がある。

ジジェクは、ウォール・ストリートの占拠が、「国家によって組織される複数政党制度に基づいた選挙という形式そのものが、先験的かつ形式的なレヴェルで、腐敗している」ことを突きつけるものであり、そうした選挙によらない形で民主主義を実践しようとするものであること、つまりは、「民主主義の拡張」を目指すものであったと評価する。ジジェクの議論からわかるのは、現状の民主主義の基礎にある複数政党制、一人一票の投票活動といった前提そのものを問い直すことが、現代の民主主義概念の構想において課題となっている、ということである（スラヴォイ・ジジェク『2011　危うく夢見た一年』長原豊訳、航思社、二〇一三年）。

スピヴァクとジジェクは、民主主義を問い直すという現代世界の最重要課題に答えようとしている。とはいえ、彼らのあいだには違いがある。ジジェクは民主主義の拡張を、参与するすべての人に共有可能な普遍的なプロジェクトとして提示しようとしているのに対し、先にも述べたようにスピヴァクは、民主主義の担い手となる民衆を、一枚岩のものとは捉えていない。たしかにスピヴァクも、自己の利益を守ることを優先事項とする自律した市民の権利に基づくような民主主義の概念の抽象性を批判的に問い直そうとしており、その意味では、ジジェクと同様、民主主義の拡張を主張しているといえるだろうが、スピヴァクの場合、民衆は一人一票の原則ゆえに平等であるかもしれないが、じつのところは同じではないということ、階級やジェンダーによって制約されてきたために、民主的な判断の癖を適切に身に付けることができないでいる状態にある人々がいるということに着目している。彼女にとって民主主義の拡張は、こうした「同じではない」人々に、民主主義的な判断力の行使を可能とするための教育的な実践に基礎を置くものである。そうしてみると、占拠運動のような出来事に民主主義の拡張のチャンスをみようとするジジェクとは違い、スピヴァクは、無知で無力の状態にある人々を救い出す地道な教育活動を重視していると考えることができそうである。

以上、グローバリゼーション時代における人文学的想像力の意義と、民主主義の再考という二つのことを、本書の読解のための前提として提示した。この二つは、たとえばマーサ・C・ヌスバウムが『経済成長がすべてか?』(小沢自然、小野正嗣訳、岩波書店、二〇一三年)で論じたように、現代世界の最重要課題であるが、それ以外にも、翻訳という営みや、情報科学の発展といった文脈から、本書を読むこともできるだろうし、もちろん、これまでのスピヴァクの思想的営為がどのように発展しているのかという関心から読むこともできるだろう。

ところでスピヴァクは、次の著作はデュボイスに関するものだと述べている。アフリカ系アメリカ人のデュボイスに関心が向かっているというのはきわめて不思議なことにも思うが、じつは、第三世界という大きな枠組を参照するなら、彼女の思考がそちらへと向かうのは意外なことでもなんでもない。第三世界のプロジェクトの現代的な意義についてはヴィジャイ・プラシャドが『褐色の世界史』（粟飯原文子訳、水声社、二〇一三年）で論じているし、また、スピヴァクが強調した汎アフリカニズムの世界性、未来指向性についてはロビン・D・G・ケリーが『フリーダム・ドリームス』（高廣凡子、篠原雅武訳、人文書院、二〇一一年）で論じている。本書に収録されたスピヴァクの議論は、じつは第三世界というプロジェクトと共鳴するものであって、そこから人類の未来を想像しようと呼びかけたものとして読むこともできるのではないかと思われる。

篠原　雅武

著者

ガヤトリ・チャクラヴォルティ・スピヴァク（Gayatri Chakravorty Spivak）

1942年、インド・カルカッタ生まれ。17歳でカルカッタ大学プレジデンシィ・カレッジを卒業し渡米。コーネル大学でポール・ド・マンに学び、W・B・イェイツの生涯と思索を研究した博士論文“Myself Must I Remake”（Crowell, 1974）を提出。1976年にはジャック・デリダ『グラマトロジーについて』を英訳し、長大な序文と共に出版し注目される。デリダの哲学的方法論「脱構築」を政治・社会的領野に拡張し、人文社会学に多大な影響を与えた。現在、コロンビア大学教授。2012年京都賞思想・芸術部門受賞。

邦訳に以下がある。『文化としての他者』（鈴木聡ほか訳、紀伊國屋書店、1990年）、『ポスト植民地主義の思想』（清水和子、崎谷若菜訳、彩流社、1992年）、『サバルタンは語ることができるか』（上村忠男訳、みすず書房、1998年）、『ポストコロニアル理性批判』（上村忠男、本橋哲也訳、月曜社、2003年）、『ある学問の死』（上村忠男、鈴木聡訳、みすず書房、2004年）、『デリダ論 「グラマトロジーについて」英訳版序文』（田尻芳樹訳、平凡社ライブラリー、2005年）、『スピヴァクみずからを語る』（大池真知子訳、岩波書店、2008年）、『国家を歌うのは誰か？』（J・バトラーとの共著、竹村和子訳、岩波書店、2008年）、『スピヴァク、日本で語る』（鵜飼哲監修、本橋哲也ほか訳、みすず書房、2009年）、『ナショナリズムと想像力』（鈴木英明訳、青土社、2011年）。

編者

星野俊也（ほしの・としや）

1959年、群馬県生まれ。東京大学大学院総合文化研究科博士課程（国際関係論専攻）単位取得退学。国際公共政策博士（大阪大学）。現在、大阪大学大学院国際公共政策研究科教授・研究科長、稲盛財団寄附講座「グローバルな公共倫理とソーシャル・イノベーション」講座長、大阪大学未来戦略機構第五部門「未来共生イノベーター博士課程プログラム」責任者、2011年度イナモリフェロー（第９期生）。

訳者

本橋哲也（もとはし・てつや）

1955年、東京生まれ。英国ヨーク大学大学院英文科博士課程修了。現在、東京経済大学コミュニケーション学部教授。

篠原雅武（しのはら・まさたけ）

1975年、神奈川県生まれ。京都大学大学院人間・環境学研究科博士課程単位認定退学。現在、大阪大学大学院国際公共政策研究科特任准教授。

Printed in Japan
ISBN978-4-409-03081-3 C1010

いくつもの声

ガヤトリ・C・スピヴァク日本講演集

二〇一四年二月一〇日　初版第一刷印刷
二〇一四年二月二〇日　初版第一刷発行

著　者　ガヤトリ・C・スピヴァク
編　者　星野俊也
訳　者　本橋哲也、篠原雅武
発行者　渡辺博史
発行所　人文書院
〒六一二-八四四七
京都市伏見区竹田西内畑町九
電話〇七五(六〇三)一三四四
振替〇一〇〇〇-八-一一〇三
印刷　亜細亜印刷株式会社
製本　坂井製本所
装丁　上野かおる
乱丁・落丁本は小社送料負担にてお取替致します。

http://www.jimbunshoin.co.jp/

ロビン・D・G・ケリー著／高廣凡子、篠原雅武訳

フリーダム・ドリームス

アメリカ黒人文化運動の歴史的想像力

四五〇〇円

もうひとつのアメリカ史

虐げられた者たちが抱いた無数の夢を、もう一度、そして何度でも辿ること。かつて人々を鼓舞し、ついえていった黒人運動の歴史を呼び覚まし、そのラディカルな想像力を、世紀を越え大陸を越え、紡ぎ、未来へつなぐ圧倒的な希望の水脈。未聞の歴史が、いま幕を開ける。

表示価格（税抜）は2014年２月